「ティアーズフィッシュのフィッシュバーガー、一つ二〇〇〇ルクでーす！」
ミザリー
種族：人間 / 性別：女 / 身長：160cm
元・乙女ゲームの悪役令嬢な転生者。スキルでキャンピングカーを召喚しながら、自由気ままな旅を満喫中！
JN039605

ミザリーの旅キャンルート

精霊のダンジョン

精霊のダンジョン階層図

←ココシュカの街

迷宮都市

洞窟ダンジョン

地図イラスト：今野隼史

悪役令嬢改め、冒険者です！

「んー、いい朝！」

　私はぐぐーっと伸びをして、簡易ベッドから下りる。随分と広くなったキャンピングカー内を見て、にやつく顔を止められない。

　キャンピングカーとは、私の固有スキルで召喚できる本物のキャンピングカーのことだ。

　――このゲーム世界には、属性魔法と固有スキルの二つが存在する。

　私は闇属性だけど、魔法は使えない。その代わりかはわからないけれど……固有スキルのキャンピングカーを使うことができる。

　とても珍しいスキルで、私以外に使っている人は見たことがない。

　今、キャンピングカーのスキルレベルは10。

　軽自動車を基本にしていた軽キャンパーというキャンピングカーから、よくテレビなどで見かける、いわゆるキャンピングカーとして一般的なキャブコンというものを召喚できるようになった。

　中も広くなって、一気に生活しやすくなったよ！

ただ、キャブコンは軽キャンパーに比べると大きいので、荷物などはいっぱい運べるけれど、小回りはあまり利かなくなったかな……。

簡易ベッドをテーブルとソファに戻してから、すぐ横にある脱衣スペースへ行く。

入り口の引き戸には銭湯のようにのれんが掛かっていて、中に入ると右手に一面鏡がある。その横の棚に着替えを入れているので、身支度を整えるのはいつもここだ。

私はシャワーで軽く顔を洗ってから着替え、キャンピングカーの外に出る。現在地は、ココシュカの街から南東に走った草原。見晴らし良好。天気は快晴、いいキャンプ日和だね。

初夏の緑が眩しくて、外で食べるご飯がとても気持ちいい。気温もそこまで高くはならないようなので、過ごしやすいのだ。

すると、どこからともなくいい匂いが漂ってきた。

……はあぁ、これはお腹が空いちゃうね……。

「お、起きたかミザリー。おはよう」

いい匂いの発生源は、外で朝食の準備をしてくれているラウルだった。ラウルの肩にはおはぎも乗っている。

「おはよう、ラウル、おはぎ」

『にゃっ！』

最近の私たちは、朝ご飯がラウル担当、お昼は手が空いている方が担当、夜を私担当、という風に分けている。

ただ、私は日中運転しているので、ラウルがお昼も引き受けてくれることが多い。

「ちょうど朝飯ができたから、食べ終わったらまた特訓だな」

「お願いします!!」

『にゃ！』

ラウルから朝ご飯――パン、サラダ、目玉焼き、ソーセージと野菜のスープを受け取り、それを食べたら特訓。

これが最近の日課になっている。


というのも私たちは今、ダンジョン攻略に向けて準備を進めているところなのだ。

目的は、ダンジョンで『エリクサー』を手に入れること！　エリクサーを使い、ほとんど動かないラウルの左腕を治療したい。

元々は怪我したラウルを助けたことから始まったけれど、一緒に冒険をするのはとても楽しくて、今では私、おはぎ、ラウルの三人パーティだと思っている。


ということで、特訓！　です!!

特訓といっても、冒険者になった私にラウルが基礎を教えてくれているかたちだ。

野営や地形、採取できる植物や魔物の基礎知識。令嬢生活で戦うことをまったく知らなかったので、体の動かし方に――武器の扱い方。

私にはゲーム時代の知識があるけれど、それは実践を伴ったものではなかった。そのため、わかっていても上手くいかないこともある。

ちなみに柔軟体操から始めたよ！

私はキャンピングカーを運転していることが多いので、ほっとくとすぐ体が固まってしまう。今は適度に休憩して、体操をすることがめちゃくちゃ大事だと日々学んでいるのです……。

それに、肩や足まわりの可動域が狭いのは、冒険者として致命的だろうからね！

私が体操を終えると、ラウルが「……今日は実戦にするか」と呟（つぶや）いた。

「えっ⁉　昨日までラウル相手に短剣の使い方を練習してたのに⁉　さすがにまだ早いと思うんだけど⁉」

勢いよくブンブン頭を振ると、ラウルに笑われた。

「そんな無茶はさせないって。スライム相手だよ、スライム。さすがのミザリーだって、スライムくらいなら倒したことあるだろ？」

「…………」

――なかった。

私が遠い目をしながら黙ると、ラウルは目をぱちくりさせて驚いた。

「スライムも倒したことないなんて、まるで貴族の令嬢みたいだな」

「あははは、まさかぁ～」

そのまさかだったので、思わずドキリとしてしまった。

この世界は魔物が存在しているし、スライムのような雑魚中の雑魚は子供でも倒すことができるらしい。だからスライムは倒せて当たり前、というのがこの世界の常識のようだ。

私が倒したことのある魔物は、キャンピングカーでまさかの体当たりをしたリーフゴブリンだけというね……。

ちなみに、おはぎはスライムを倒したことがある。自慢の爪で一撃だったので、おはぎは猫だけど超強い猫なのです。さすがだ。

……でも、私だってこれからダンジョンに行くんだ。

ダンジョンには、スライムどころじゃない強い魔物がたくさんいることだろう。スライムごときに後れを取っているわけにはいかないのだ。

「ラウル、私頑張るから……お願いします!!」

「お、おお!」

私はリーフゴブリンがドロップした月桂樹(げっけいじゅ)の短剣を構えて、スライムと戦う覚悟を決めた。

スライムと戦うために持った月桂樹の短剣は、ずしりとした重みがあった。腰に下げているときとは、重みが違う。

「すーはー、すーはー」

私は何度か深呼吸を繰り返して、気持ちを落ち着かせる。

きっとラウルからしてみれば、たかがスライムだろう。しかし私からしてみれば、初めて戦う魔物スライム様なのだ……!!

「スライムは弱いから大丈夫だって。肩の力を抜いて、適当に短剣を振り回すだけでも倒せる。でも、そうだな……ミザリーの場合は斬る動作よりも突く動作の方がいいかもしれない」

「突く……」

確かに攻撃という面を考えたらその方がいいかもしれない。でも、斬るより突く方が精神的な難易度は高い気がするよ……？

しかしこれからダンジョンに行って戦おうとしているのに、そんな弱音を吐いてはいられない。

私は「よしっ！」と気合を入れる。

すると、タイミングよく草の陰からスライムが出てきた。

……もう少しゆっくりした登場でもよかったですよ。なんて、思わず考えてしまった。

『にゃっ、にゃー！』

「頑張れ、ミザリー！」

おはぎとラウルが応援してくれる。

私はその声に応えるために、ぐっと地面を蹴りスライムに向かって走る。初心者ゆえに、勢いが大事だと思ったからだ。

というか、勢いがないと無理!!

「やあっ！」

短剣を握った手をそのまま突き出すと、スライムの右側をすり抜けた。

――は、外した!!

「うわ、恥ずかしい……！」

「大丈夫だ、ミザリー！　気にしないで当たるまで突け！」

『にゃっにゃっ!!』

「う、うん！」

そうだよね、初めてに失敗はつきものだもん！

私はもう一度、「やあっ！」とスライムに向けて短剣を突き出した。すると、今度は真ん中に命中！

「やった！」

よし、このまま二撃目を――そう思ったのに、スライムは光の粒子になって消えてしまった。

「えっ……」

あまりのあっけなさに私が驚くと、おはぎが『にゃ～っ！』と喜びの声をあげて私の肩に飛び乗ってきた。そのままほっぺたにすりすりしてくれる。

「ミザリー、バッチリ倒せたな！　おめでとう！」

「うん、ありがとう！　……でも、もっと苦戦すると思ってたから驚いちゃった」

スライムは私が考えていた百倍弱かった……！

すると、ラウルが「あ～、それのおかげもあるな」と言って私が持つ短剣を指さした。

「その短剣、そんじょそこらに売ってるやつより、よっぽどいいものだからな？　攻撃力が高いのは当たり前だし、耐久力もかなりあるぞ」

「なるほど！」

私が持つ月桂樹の短剣は、リーフゴブリンという強敵のドロップアイテムだ。そんじょそこらの短剣とは、天と地ほどの差があるだろう。

ありがとう、短剣ちゃん……！　あなたのおかげでスライムに勝てたよ!!

「大事に使わないとだね」

「ああ。あとで手入れの方法も教えてやるよ」

「ありがとう！」

ダンジョンへの挑戦にドキドキしていたけれど、思ったより早く行くことができるかも……と、私はちょっとワクワクが強くなった。


のんびりキャンピングカーをさらに南東に走らせて、夜。まだ草原は続いていて、その途中でキャンピングカーを停(と)めた。

満天の星の下で、私は鼻歌交じりに料理をする。

「ふっふーん、ふんふーん♪」

焚(た)き火の前で椅子に座って、膝に小さいまな板を乗せて下茹(したゆ)でしたアスパラに豚肉をくるくる巻いていく。

ん〜〜、まだ焼いてないのにすでに美味しそうだね！

豚肉を巻いたアスパラは軽く塩コショウをかけてからスキレットに並べて、焚き火へ。

焚き火は石の置き方を工夫して、スキレットを置けるようにしてくれている。ラウルがやってくれました！

スキレットの横には小さなお鍋があって、おはぎ用の鶏肉を茹でてるよ。

ジュワッと肉の焼ける匂いにうっとりしつつ、私は焚き火の中に入れておいたあるものを、木の枝で転がすように取り出す。

包み葉でくるんだそれは、ジャガイモだ。

ジャガイモの切れ目に急いでバターを乗せたら、お手軽じゃがバターの完成。

「ん〜！」

バターの溶ける匂いが、遠慮なく鼻から体中に入ってくる。

……はあ、すぐにでも食べちゃいたい。

「うわ、美味そうだな！」

『にゃ〜っ』

美味しそうな匂いにつられたのか、キャンピングカーの中からラウルとおはぎが出てきた。その手にはパンを持っている。

「もうできあがるよ。パンも美味しそう〜！」

私はちょうど焼けたアスパラの豚肉巻きとじゃがバターを取り分け、ラウルに渡す。おはぎの鶏肉は手でほぐして、食べやすくする。

『にゃっにゃっ！』

おはぎが早く早くと私を急かすように、ご飯の催促をしてくる。その姿が可愛くて、正直ずっと見ていたいと思ってしまう……。

……って、そういうわけにもいかないからね。

「はい、おはぎ」

『にゃ～！』

おはぎの前にお皿を置くと、しっぽをうねうねさせながら食べ始めた。はぐはぐ必死で食べる姿に頬を緩めながら、人間もご飯だ。


ラウルと並んで座り、「いただきます」をして、まずはほどよくバターの溶けたじゃがバターをいただくことにする。

ふーふー冷ましながらかぶりつくと、ほくほくの食感と、しみ込んだバターの濃厚な味わいが口いっぱいに広がった。

「んん～～っ！」

この美味しさは優勝……！

私が豪快にかぶりついたのを見たラウルも、ごくりと喉を鳴らして、すぐじゃがバターにかぶりついた。

「あっふ！」

「そりゃ熱いよ……」

蒸かしたジャガイモの破壊的な熱さを舐めたらいけない！　すぐにコップに水を注いで、ラウルに渡す。

「ほら、水飲んで落ち着いて」

「あひがほ……。ふー、助かった！　熱かったけど、美味いな～」

「お気に召してもらえてよかったよ」

私は笑って、次はアスパラの豚肉巻きをフォークで刺す。じゅわっと溢れる肉汁に、アスパラの香りが食欲をそそる。

「んん～～、うまっ！」

そのまま食べるだけで美味しいけれど、私はもう一つの食べ方を試す。

「焼きたてのパンを割って……そこに肉巻きをはさんじゃう！」

「――パンと一緒⁉」

ラウルが目を見開いて羨ましそうに私を見てくるが、そんなのおかまいなしにかぶりつく。

しみ込んだ肉汁はどんなソースにも引けを取らない美味しさで、さらにアスパラのシャキッとした食感がアクセントになっている。

「美味しすぎて、いくらでも食べれちゃいそう！」

「俺も俺も！」

ラウルも慌ててアスパラの豚肉巻きを食べて、「幸せだ～」と頬を緩めている。

そのあとふーふーしながら、じゃがバターをぺろりと平らげた。

「ジャガイモにバター乗せただけなのに、めっちゃ美味いって反則だよなぁ。肉巻きも、パンに挟んだら違う美味さがあるし……」

「わかる」

手が込んでる料理はもちろん美味しいんだけど、蒸かしてバターを乗せただけでも美味しくなってしまう。料理の不思議だ。

……というか、先人の知恵でもあるんだろうな。

お手軽で美味しい料理を開発してくれてありがとうございます！

――と、私は知らない先人たちに祈る。

「また今度作ろう」

「賛成！　これなら俺でも簡単に作れそうだしな」

「朝ご飯に期待ですね！」

「任せとけ！」

ラウルが胸を叩いて請け負ってくれたので、朝ご飯がさらに楽しみになってしまった。

はー、キャンプ最高だ。

私は椅子に深く腰掛けて、ゆっくり料理を味わいながら焚き火を見る。ゆらゆら揺れる様子を見ると、なんだか心が落ち着く。

こんな日がずっと続けばいいなと、そう思いながら一日を終えた。

今日も今日とて私がキャンピングカーの横で一生懸命素振りをしていると、ラウルが地図を見て何やら考え込んでいる。

……もしかして、次の目的地を考えてくれてるのかな？

なんだか冒険っぽくていいなぁ、なんて自然と頬が緩んでくる。素振りも気合が入っちゃうね！

「……よし。ミザリー、今日はこのダンジョンに行こう！」

「うん、わかった――って今日⁉」

突然の今日の予定に、私はめちゃめちゃ驚いた。

確かに月桂樹の短剣があれば、早く行けそう！　とは思っていたけれど……。

「心の準備がまだです……！」

くうぅと顔をゆがめながら伝えてみるが、ラウルは「ははっ」と笑うだけだ。いやいやいや、笑いごとではないのですよ。

「行くのは駆け出しの冒険者が行くダンジョンだから、問題ないって。な、おはぎ」

『にゃぁん』

「おはぎ⁉」

まさかおはぎがラウルの味方に付いている……!?

ガガーンとショックを受けるも、確かにおはぎはスライムを倒してしまうスーパー猫ちゃんだ。ダンジョンくらい余裕なのかもしれない……。

ラウルが地図を広げたので、それを覗き込む。すると、おはぎが肩に乗ってきてくれた。可愛い。

「俺たちが今いるのは、ココシュカの街から南東にある草原だろ？　ここを東に進むと迷宮都市って呼ばれてる街がある。その周りにいくつかダンジョンがあるから、しばらくそこを拠点にするのがいいと思う」

「迷宮都市!!」

なんともファンタジーな響きで、そそられちゃうね。

「ダンジョンが複数あるなら、きっと大きい街だよね？」

「ああ。いろんなものが売ってるし、人も多いぞ。俺も何回か行ったことがあるからな」

「へえぇぇ～！」

これはますます楽しみだ。

ラウル曰く、キャンピングカーなら今日中に迷宮都市に到着できるとのことだ。その途中で、初心者向けのダンジョンに寄ってみてはどうか？　ということらしい。

「なるほど……。ちなみに、ダンジョンって自由に入っていいの？」

こういうのって、国や冒険者ギルドが管理している場合もある。規則があるなら、きちんと把握しておきたい。

「国や冒険者ギルドがダンジョンを把握して管理してはいるけど、特に制限とかはないな。ただ、ギルドでダンジョン関連の依頼があるから、それを受けてから行く方が多いかな?」

特に問題はないみたいだ。

ただ、ダンジョンには冒険者ギルドがランクをつけているので、自分のランクに合ったところに行くのがいいのだという。

……私みたいに弱っちいと、ランク付けは目安になるからありがたいね。

「じゃあ、初心者ダンジョンに行く前に冒険者ギルドで依頼を受けた方がいいんじゃない?」

だって、依頼を受けてから行けば報酬をゲットできちゃうわけだよね? 絶対にその方がいい。

「いや……初心者向けの中でも、子供が腕試しで行くような本当の本当に初心者向けのダンジョンなんだ。だから、依頼もない」

「なるほどぉ……」

ちょっと情けないかもしれないけれど、確かに今の私にはちびっこたちが行くようなダンジョンがちょうどいいのだろう。

「ちびっこたちに負ける訳にはいかないね」

「だな」

『にゃ!』

本格的なダンジョンデビューのために、頑張るぞ!

キャンピングカー間取り

Lv10
キャブコン
バージョン

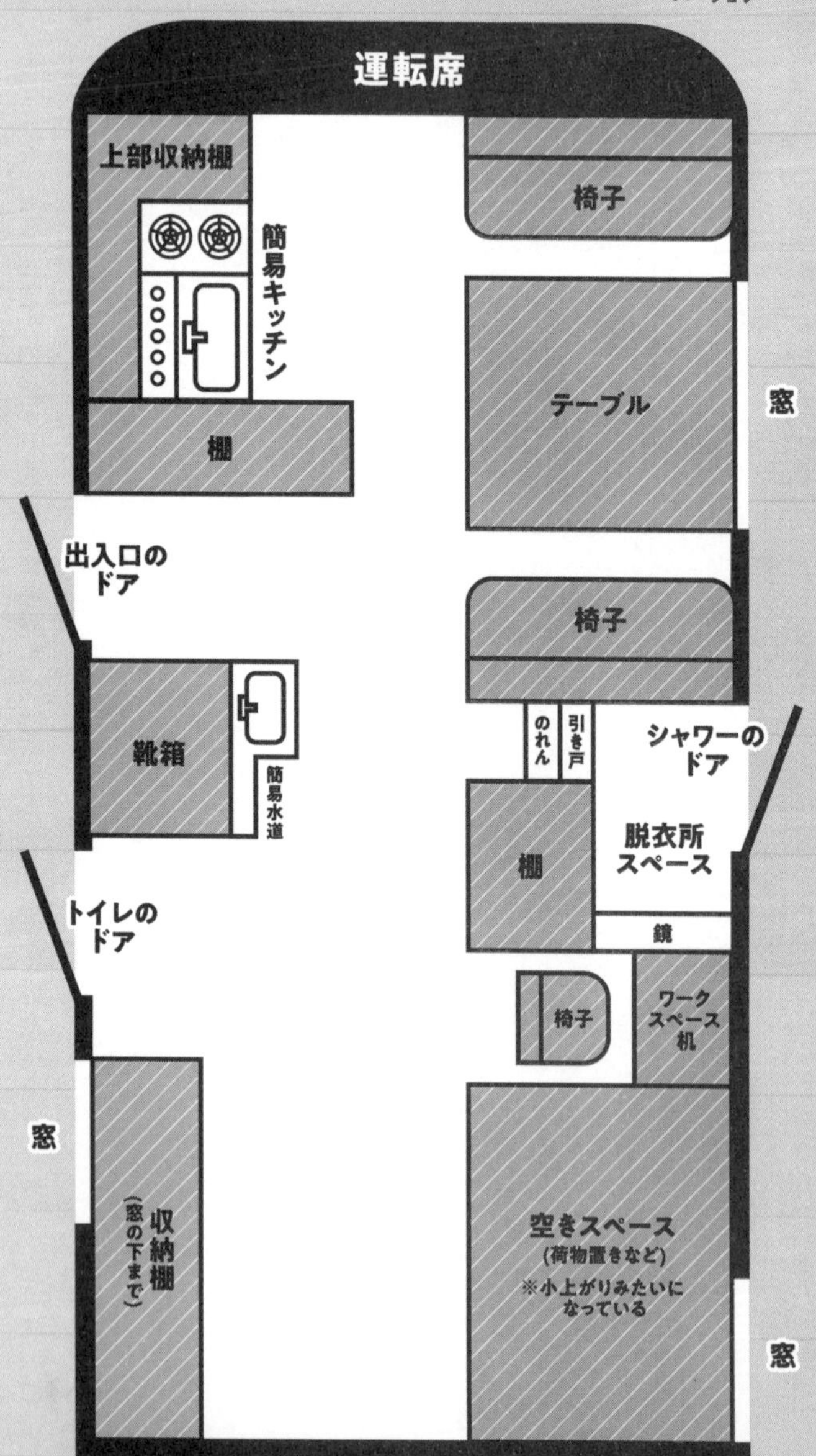

初めてのダンジョン

ということで、キャンピングカーを走らせてダンジョンを目指す。初夏の陽気なので、窓を開けて気持ちいい風を取り入れる。

ん～、ドライブ最高！

基本的に草原を走っているので、人と会うことはほとんどない。カーナビで人の位置がわかるので、可能な限り避けているというのもある。

それでも回避できないときはあって、そのときはめちゃくちゃ驚かれてしまう。窓から顔を出して、「スキルです、驚かせてごめんなさい～！」と言うとなるほどと頷（うなず）いてくれる。

……それにしても、ダンジョンか。

改めて初めてのダンジョンだということを考えたら、緊張してきた。

大丈夫かな？　ちゃんと戦えるかな？　お弁当とおやつはどうすればいいんだろう。やっぱり三〇〇円までかな？

「ミザリー、なんかすごい顔してるぞ」

『にゃ？』

「ハッ！」

どうやら私は真顔で運転していたらしく、ラウルが「大丈夫か～？」と手をパタパタしている。うん、体が固まってる……！

「ダンジョンのこと考えてたら、緊張して……」

「いつもは気楽そうにしてるのに」

そう言って笑うラウルに、私は頬を膨らませる。

「ラウルは戦闘に慣れてるかもしれないけど、私は初心者も初心者なんだから！　緊張しないわけがないよ……！」

「リーフゴブリンは倒したのになぁ」

「あれは別だよ！」

キャンピングカーで轢き殺したようなものなので、ノーカンである。

そこでふと、ダンジョン内でキャンピングカーを使えるのだろうか？　という疑問が浮かぶ。よくよく考えたら、内部構造にはそんなに詳しくない。

「ねえ、ラウル。ダンジョンの中ってどんな感じ？　キャンピングカーで走れたりするのかな」

「ダンジョンの中を走る……!?　でもそうか、スキルだから当然だよな」

……当然なんだ。

ラウルはう～んと悩みつつ、私に説明をしてくれる。

「使うこと自体に問題はないと思う。だけど、人が多かったり道が狭いダンジョンだったりすると使うのが難しそうだな」

「あー……」

なるほど確かに、と頷く。

歩行者天国をキャンピングカーで走ると考えれば、それがいかに無謀なことかがわかるね。

「キャンピングカーは強力だもんな。全部のダンジョンは無理かもしれないけど、使えるときは使っていこうぜ」

そう言って、ラウルがにっと笑う。

「そうだね。その場その場で、臨機応変に対応しよう！」

「おう！　――あ、ダンジョンが見えたぞ」

「えっっっっっ⁉」

不意打ちのように告げられ、私は思わず声をあげた。

もう⁉　さすがはキャンピングカー、早い、早すぎるよ！

私が慌てふためいていると、またラウルが笑う。しかもおはぎも一緒になって笑うので、私はもう、もう～～！　状態だ。

ラウルが指差したダンジョンは、草原を抜けた先の岩場にある洞窟の入り口だった。言われなければダンジョンということに気づかないだろう。

……ワクワクしてたけど、実際目にするとドキドキするね。

キャンピングカーを降りて、私は大きく深呼吸をする。

時間はまだ昼過ぎなので、やっぱり明日にしよう作戦を使うことはできない。女は度胸だと、自分に言い聞かせる。

「んじゃ行くか」

「もう⁉　出てくる魔物の説明とか、中の様子とか、教えてほしいです！」

「あー、そうか」

私が手をあげて質問すると、ラウルは詳しく教えてくれた。

「ここは洞窟ダンジョンだ。特別な名前はついてない」

「ふむふむ……」


ラウルの説明によると、この洞窟ダンジョンは二階層――地下一階まであるらしい。

中はそこまで広くないため、複数の魔物が同時に襲ってくることはほぼないそうだ。一層に出てくる魔物は、スライム、角ウサギ、スケルティの三種類。

ダンジョンの雰囲気に慣れることが今回の目的なので、行くのは一層だけとのこと。


「……確かに、それなら私でも倒せるかも！」

スライムは練習で倒したし、角ウサギもいけそうだ。スケルティは、小動物の骸骨の魔物……スケルトンの同類といえばわかるだろうか？

「おお、その意気だ！　頑張ろうぜ！」

「うん！」

『にゃ！』

おはぎも応援してくれてるよ！

私は何度か深呼吸をして、軽く準備運動をして、頭におはぎを乗せて……ダンジョンに足を踏み入れた。


洞窟ダンジョンは、しんと静かで、薄暗かった。

わずかに壁が光っているのは、光る鉱石が土に混じっているからだとラウルが教えてくれる。それ以外は、普通の洞窟だ。

ただ、道幅はあるが、天井が二メートルちょっとくらいと低い。キャンピングカーを出すと、屋根の部分が擦れるだろう。

……これは徒歩で頑張らねば、だね！

私は思わずキョロキョロ周囲を見回す。

「は〜〜。ダンジョンって、言われなきゃわからないね」

「そうだな。ここは魔物の数も少ないし、滅多に冒険者も来ない。だからさ、そんな気負わず気楽に行ってみようぜ？　何かあれば、俺もおはぎもいるし」

「そうだね！」

すっと気持ちが軽くなったのを感じて、私の歩く速度が上がる。

うん、これならいけそうかも！

緩やかなカーブの道を進んでいくと、前からスライムが現れた。草原で見たのと同じスライムで、倒せそうだと私の中に自信が湧いてくる。

すると、おはぎがトットットッと歩いていって、こちらを振り返った。

『にゃ？』

「駄目駄目、ミザリーが倒すんだ。おはぎは応援な」

『にゃうっ！』

「これは私の獲物だから……!!」

危うくおはぎにスライムを倒されてしまうところだった。危ない危ない。

気を取り直して、私は地面を蹴ってスライムの元までダッシュする。そのまま短剣で斬りつけると、スライムはいとも簡単に光の粒子になって消えた。

「……ダンジョン、楽しい！」

「だな」

『にゃう！』

私が満面の笑みでそう告げると、ラウルもおはぎも笑顔で頷いてくれた。

「えい！　やあっ！　とうっ!!」

スライムを一匹倒した私はいい気になって、足取りが軽くなった。

出てくる魔物はほとんどがスライムで、たまに角ウサギが出てくる。が、どちらも一撃で倒すことができた。

私の後を歩くラウルが、「順調だな」と笑う。

「うん！　あんなにビクビクしてたのが嘘みたい……あっ!!」

前方から、カシャカシャという音が聞こえてきた。骨がぶつかり合うようなこれは――スケルティの気配だ。

ゲームのモンスターでスケルトン系といえば、大抵は人間型だ。動物型のスケルトンのモンスターは珍しい。

……スケルティは初めてだから、ちょっとドキドキしちゃうね。

すぐに顔を出したのは、ウサギのスケルティだ。

「あ、角ウサギがいるからウサギのスケルティ……ってこと？」

「正解。スケルティは、ダンジョン内にいる魔物の骨から生まれるって言われてるからな。……まあ、魔物は倒すと消えるから骨があるかはわからないけど」

「確かに」

モンスターの出現や消滅に関しては、ゲームの部分だから考えても仕方がないかもしれない。私は苦笑しつつ頷いた。

地面を思いっきり蹴り上げて、一気にスケルティとの距離を詰める。すぐさま一撃を入れて――

だけどまだ倒せてない。

……スライムと角ウサギとは桁違いの強さ⁉

後ろにジャンプして距離を取り、いったん体勢を立て直す。もしかしたら、長期戦になるかもしれない……！

そんな嫌な予感を覚えながら、スケルティにもう一撃！

「今なら連撃もできるかも――って、倒してる‼」

振り向きざまに格好良く短剣を振るおうと思ったら、すでに相手がいないなんて！

スケルティは光の粒子になって消えて、ドロップアイテムの骨の欠片が残った。

「もうこの洞窟の一層はバッチリだな！」

『にゃあぁんっ！』

すかさずラウルとおはぎが褒めてくれた。

私はてっきり倒すのにもっと時間がかかると思っていたので、ちょっと拍子抜けだ。

「ラウルがいろいろ教えてくれたからだよ！　ありがとう‼」

「おう！」

ダンジョンに慣れる練習も兼ねているので、しばらく一層で魔物を倒してから、私たちは探索を終えた。

探索で得られたのは、ぷるぷる七個、角ウサギの肉三個、骨の欠片四個だ。

ぷるぷるはスライムのドロップアイテムで、ぷるぷるした触り心地の謎の物体。日本だと、小学生男子とかが一時期はまるスライムみたいなものだ。

角ウサギの肉はおはぎも食べられるので、食料に。

スケルティのドロップの骨の欠片は、安いけれどギルドが買い取ってくれるのだとラウルが教えてくれた。畑の肥料などになるらしい。

初めてのダンジョン探索にしては、なかなかいいのでは……と思う。


「ん〜〜〜〜、ダンジョン攻略の後はやっぱり焚き火！」

ということで、私は洞窟ダンジョンの前で焚き火をすることにした。

木の枝を拾う元気まではないので、以前拾っておいた木の枝――薪を使う。束にして麻縄で縛っているので、キャンプっぽい雰囲気が出ているところがお気に入り。

ナイフで木の枝を削ってフェザースティックを作り、積んだ薪に混ぜて火をつける。

「うんうん、いい感じ！」

焚き火を作るのもだいぶ慣れてきて、お手の物だ。

小さな火種がパチパチ音を立てて、次第に大きな火になっていく。その光景を見ているのは、なんだか楽しい。

「…………」

ついついぼおっと眺めていると、「ミザリー」と私を呼ぶラウルの声が耳に入った。

「夕飯ができたぞ」

「え⁉」

見ると、ラウルの手にはお肉と野菜がたっぷり入ったスープとパン。おはぎ用に茹でた角ウサギの肉も用意されている。

空はいつの間にか暗くなっていて、焚き火を少し眺めているだけのつもりが、かなりの時間が経っていたようだ。

「え、私いったいどれくらい焚き火を眺めてた⁉」

焚き火、恐ろしい子……‼

「軽く一時間以上かな？　普通に疲れてたんだろ。ダンジョン初日なんだから、そんなもんだよ」

「そんなに……。ごめんね、ありがとう」

「気にするなって」

ラウルは疲れている私を気遣って夕飯の準備をしてくれたらしい。いい人すぎる。

「ほら、食べたら今日は早く寝た方がいいぞ？」

「ありがとう、ラウル。うん、実は結構眠たいかも……」

私はスープを受け取りつつ苦笑する。たぶんラウルが声をかけてくれなかったら、そのまま寝落ちしていたと思う。

スープに口をつけると、野菜の旨味がたっぷりで、とても美味しい。

「おはぎにはウサギ肉な」

『にゃううっ！』

おはぎもお腹が空いていたようで、すぐさまウサギ肉に食いついた。にゃうにゃうと美味しそうに食べる姿は、ずっと見ていられる。

「ふふっ、美味しいねー。おはぎ」

『にゃぁっ！』

元気いっぱいの返事をもらい、私も美味しく夜ご飯をいただいた。


夜ご飯が終われば、あとはシャワーを浴びて寝るだけ……なんだけど、なんというか焚き火が恋しい。

「うう、焚き火をもっと見ていたい！　でも眠い！　……いっそ焚き火の前で寝てみるっていうのはどうだろうか？」

いつもキャンピングカーの中で寝ていたので、外で寝たことはない。寝袋があればいける？　あ、でも普通はテントを張ってその中で寝袋を使うのかな？

……うーん、そう考えると焚き火の前で寝るのは難しそうだ。そもそも、焚き火を放置して寝るっていうのもよくないだろう。

私がそんなことをあーだこーだ考えていると、ラウルが「ほら、早くシャワー浴びて」と私を急かす。

「このまま寝られたら大変だからな。ちゃんと休まないと、マナだって回復しないぞ？」

「それは困る!!」

ラウルの言葉に、私は慌てて立ち上がる。

マナが尽きかけると気持ち悪くなるうえに、そのまま気絶してしまう。最悪、死んでしまうこともあるそうだ。

回復、とっても大事！

「すぐにシャワーを浴びて寝ます！」

「おう」

私がしゃきっと行動を開始すると、ラウルは焚き火の後始末を始めた。

「ちゃんと休むんだぞ？」

「うん、ありがとう。おはぎ、一緒に行こう」

『にゃあ』

片付けもラウルが任せろと言ってくれたので、私はおはぎと一緒に先に休ませてもらった。

迷宮都市 ～なんちゃってマヨコーンダッチパン～

洞窟ダンジョンで数日の経験を積んで、私たちは迷宮都市へやってきた。

「うわっ、栄えてるね！」

「ここは隣国とも近いから人の出入りが多いし、何より冒険者が集まってくるんだ」

「それは街を見ただけでわかる！」

『にゃ～』

迷宮都市はとても広い街で、私が生まれ育ったリシャール王国の王都と同じくらいの規模がある。ダンジョンが近いこともあり、街の外壁はかなり厚い。もし魔物が襲いかかってきても、ちょっとやそっとでは壊されないだろう。

街の中は賑（にぎ）わっていて、路面店や屋台が目立つ。買い食いをしている人も多く、自由な風潮なのが見てとれる。

街の中心に行くほど大きな屋敷があり、中心には領主が住んでいるのだろう。外側は比較的安価な宿などが多いようだ。

「気楽に過ごせそうな街だね」

「道具屋が多いし、定食屋も安くて美味(うま)いんだ」

「それは期待しちゃうね」

街の中を少し歩いただけでも、いい匂いがただよってきた。

私の肩に乗っているおはぎも気になっているようで、キョロキョロ見回している。だけどその視線は、お肉の屋台に一直線だ。

わかる、美味(おい)しいは正義だよね……！

「食材の買い出しもしなきゃ」

「これからダンジョンに行くことを考えると、保存食もほしいな」

ラウルの言葉に、私は力強く頷(うなず)く。

洞窟ダンジョンのような初心者ダンジョンは日帰りでもいいけれど、私たちの目的であるエリクサーがあるようなダンジョンは階層が深いそうだ。そのため、ダンジョンの中で何日も過ごすことになる。

……とはいえ、キャンピングカーがあるからかなり楽ができそうだね。


私たちが歩いていると、ふいに街の人たちの話し声が聞こえてきた。

「最近、すごく大きなものが走ってるらしいわよ」

「すごく大きなもの？　馬車とかそういう？」

「馬車よりずっと速いらしいの」

どうやらキャンピングカーを見た人たちが、「なんか馬車みたいだけど全然違うすごいものが走っている」と噂（うわさ）しているらしい。

私とラウルは目を合わせる。

「人目にはつかないようにしてたと思ったんだけど、そうでもなかったんだねぇ」

「近くにいなくても、遠くから見てる場合があるからなぁ……。そういうスキルとか、魔導具もあるぞ」

「あ、なるほど！」

望遠鏡のような魔導具があれば、遠くから私たちを見つけることもできる。街の門番だったら、外壁の上から見張りもしているだろう。

……私、かなり油断してたみたい。

「とはいえ、隠すといっても限界があるもんね」

「珍しいスキルだからあんまり大っぴらにはしたくないけど、完全に防ぐのは難しいな」

『にゃうぅ……』

というか、ダンジョンでも使おうと思っていることを考えると隠し続けるのは難しい。

「何かあっても悪用されたりしないように、冒険者としての実力をつけるのがいいかもしれないな」

「それは、確かに……」

「あとは積極的にギルドの依頼を受けて、良好な関係を築いておくのも大事だな」

「何かあったとき、味方になってもらえたら心強いもんね」

なるほどなるほどと頷いて、ひとまず積極的に依頼を受けることにしてみた。やはりどこの世界でも人脈は大事だね。

「買い物はひとまず置いといて、依頼を確認しに冒険者ギルドに行くか」

「うん！」

冒険者ギルドは南門の近くにあった。

広い敷地面積で、三階建て。人の出入りが多くて、酒場も併設されているみたいだ。掲示板を見ると、依頼の数も多い。

私やラウルのように動きやすい服装の人もいるけれど、重厚なフルプレートを装備している人もいる。ガッシリした身体は、きっとダンジョンでも大活躍だろう。

「あ、ラウル！　あっちに地図が貼ってあるよ」

「ん？　ああ、あれはダンジョンの場所が描いてあるんだ」

「なるほど」

掲示板の横に貼られている地図には、中心にここ迷宮都市が描かれている。その周囲にあるダンジョンは、全部で五つだ。

街の一番近くにあるダンジョンは、駆け出しの冒険者が行くダンジョン。ゴブリンなど、比較的弱い魔物がいるらしい。

ほかにも、中級冒険者、ベテラン冒険者が行くダンジョンがある。

地図を見ながら、これだけ賑わっていそうなダンジョンだと、キャンピングカーで走るのは難しそうだなと思う。

あとは道幅の問題もあるけれど。

洞窟ダンジョンは、経験を得るためと、天井が低かったので徒歩で攻略していた。

「どうした？　考え事か？　ミザリー」

『にゃう？』

「周囲にあるダンジョンって、人気だよね？　それだと、人が多くてキャンピングカーで走るのは無理かなって」

「あー……」

私の言葉に、ラウルは「確かに」と考え込む。

「……なら、人が少ないダンジョンに行ってみるのも手かもしれないな」

「そんなところがあるの？」

迷宮都市の近くにあるダンジョンなので、どこも混んでいるとばかり思っていた。

「まったくいないってわけにはいかないけど、街から離れたダンジョンなら人は少ないと思う。馬車で一日がかりとかだと、行くのも大変だろ？」

「一日かけて行って、すぐ戻るのはもったいないもんね。それに、戦ったあとの帰り道は大変そうだし……。でも、私ならキャンピングカーがあるから余裕をもって行動できる……？」

「ああ」

ラウルが提案してくれたダンジョンは、街からかなり離れた場所にある精霊のダンジョンというところだった。

低層の魔物はそこまで強くない。けれど奥に行くほど魔物が強くなっていて、踏破されていないダンジョンだという。

そのため、攻略の際のお宝期待度も高い。

つまり、エリクサーが見つかるかもしれないということ……!!

「うん、いいね！　精霊のダンジョンに行ってみよう！」

「決まりだな。精霊のダンジョンの依頼がいくつかあるから、それを受けて出かけよう」

『にゃっ！』

さっそく掲示板を確認すると、討伐依頼、内部の調査依頼の二つがメインになっていた。ほかには、採取などをしたい人が護衛を依頼したりしている。もしくは、パーティに足りないメンバーを一回だけ募集する臨時依頼もあった。

なるほど、いろいろあるんだね。

「俺たちが受けるのは、討伐依頼だな。内部調査は、何かあったらあとから依頼を受けて報告すればいいんだ。今の俺たちじゃ、内部に目を配る余裕はないだろ?」

「そうだね。だけど討伐対象も、なかなかハード……。ゴブリンとか、倒せるかな?」

精霊のダンジョンの討伐依頼には、ゴブリン、ウルフ、オークなど、私が戦ったことのない魔物が出てくる。

ゲームでは鉄板の魔物だけれど、生身で対峙するのとはわけが違う。

ラウルは「楽勝だよ」なんて言うけれど、私にはそうは思えないけど……ラウルの怪我を治すエリクサーを手に入れるために、頑張ろう。

「とりあえず、ウルフとゴブリンの討伐依頼を受けておくのはどうだ？　この二匹は一層にいるから、ミザリーでも倒しやすいと思う」

「そうします！」

二層以降の魔物の討伐依頼に関しては、いけそうだったら次のときに受けることにして依頼の手続きを行った。


冒険者ギルドで依頼を受けたら、次は買い物だ。

やってきたのは、ギルドのすぐ近くにある道具屋。冒険者で賑わっていて、品揃えも今まで行った道具屋より多そうだ。

「迷宮都市の道具屋って、なんだかすごいものが売ってそう！」

「期待してるとこ悪いけど、そんなにほかの街と変わらないぞ？　あ、でも装備は必需品だから充実してるかな」

ラウルの話によると、ダンジョン産の装備品が充実しているらしい。私が持つ月桂樹の短剣みたいな魔物のドロップ品や、宝箱から出たものも手に入れることができる。

ほかには、エリクサーとまではいかないけれど、回復アイテムもたくさんあるそうだ。

「ダンジョン攻略するにあたって、めちゃくちゃ大事なやつ！」

だがしかし、私はレベルアップで大きくなったキャンピングカーに載せる家具や、料理道具も買いたい。

確かに戦闘のために装備を整えるのは大事だけれど、ダンジョンで快適に過ごすこともすっごく大事じゃない⁉　と、思うのです。

……とはいえ、予算はそんなにない……。

私がう～んと悩んでいると、ラウルが「これが必要だな」と言ってアイテムを手に取っていく。

「俺は初級ポーションを三本と、中級ポーションを一本。あと解毒ポーションだな。ミザリーは、ポーションは持ってるけど解毒は持ってなかったよな？　何本か買っておくといいぞ」

「わかった」

毒攻撃をしてくる魔物はいないけれど、念のために持っておいた方が安心だ。

ほかに気になるものは、食器類に、焚(た)き火台だろうか。ダンジョンの中がどうなっているかわからないので、あれば役に立ちそうだ。

薪(まき)などを売っているコーナーがあったので見てみると、焚き火台の取り扱いがあった。

キャンパーが大好き、焚き火台‼

「うわあぁっ！　やば、これはテンション上がるかも‼」

「焚き火台か。確かに一つくらいあってもよさそうだな」

「ラウルのお許しが出た！　買おう‼」

「お許しって……」

そんなものは必要ないだろうとラウルが苦笑するけれど、私には大事なことなのですよ。

「さて、どんな焚き火台があるかな……っと」


売っている焚き火台は、三種類だった。

一つ目はまんまドラム缶で、中に薪を入れて燃やすだけのもの。

二つ目は、四角くて底が少し深めの焚き火台。

三つ目は、四角いところは二つ目と同じだけれど、浅型の焚き火台。


お値段はドラム缶が安くて、深型が高い。

とりあえず、見た目的にドラム缶は論外。

浅型は暖を取るにはいいけれど、料理をするにはちょっと不便かもしれない。薪の補充もこまめにしなきゃいけないし……。

私が悩んでいると、ほかの冒険者パーティが浅型の焚き火台を購入していった。

「おお、私と違ってあっさり決めていったね……！」

「焚き火台は便利だけど、荷物になるからな。でかいのは重いし、小さくて軽い方がいいだろ？」

「あ、なるほど」

ほかにも食料や回復アイテムなど、冒険するのに欠かせないものは多い。焚き火台の優先順位が高いのなんて、もしかしたら私くらいかもしれない。

「だからテントや寝袋がいらないっていうのは、かなり強みだよな。でかい鞄も必要ないし」

本当に羨ましいと、ラウルがこちらを見てくる。

「ふっふっふー、さすがは私のキャンピングカーでしょう！」

すっかりキャンピングカー生活に慣れてしまっていたけれど、普通は荷物を持ってダンジョン攻略するんだもんね。

……荷物持ちと料理専任のメンバーでもいない限り、持ち運びやすさで選ぶのは正解だね。

前世の動画で見た焚き火台は、結構お洒落なものが多かったなと思い出す。

深くなっているのはもちろんあったけれど、比較的平らなものも多かったと思う。上に網が置けるものもあって、便利だと感心したものだ。

「正方形に長方形、どんな形が使いやすいかもあるよね……」

大きなお鍋一つであれば、正方形でよさそうだけど……スキレットを二つ並べるのであれば長方形がいいなと思う。

もしくは網の部分とは別に、テーブルが合体している焚き火台もあったはずだ。料理が終わったスキレットを避けて置けるので、使い勝手もよさそうだ。

「でも、そんな多機能なやつはないんだよなぁ……」

そしてよくよく見ると、浅型でも五〇〇〇ルクといいお値段だ。深型だと八〇〇〇ルク。ちなみにドラム缶だと二〇〇〇ルクだ。

「この中だったら深型がいい気がするけど、これに八〇〇〇ルクか……」

動画で見た焚き火台を思い出してしまったら、ちょっと悩んでしまうお値段だ。もっと手ごろかと思ったのに……。

私が焚き火台の前でうんうん唸(うな)りながら考えていると、ラウルが「悩みすぎだろ」とツッコミを入れてきた。

「だって、どうすればいいのか……!」

私が迷っている理由を説明すると、ラウルは「なるほどな」と頷いた。

「だったら、とりあえずドラム缶型か浅型にしておいたらどうだ? ダンジョンの中では極力キャンピングカーを使うだろうけど、安全地帯が狭いことだってあるし」

「あ、なるほど……」

ダンジョンの中にある比較的安全な場所が、広いとは限らないのだ。

……いくらキャンピングカーの中でも、魔物が外でうようよしてたらゆっくり寝てられないもんね。ラウルの説明にめちゃくちゃ納得した。

「となると、料理のことも考えて浅型がいいかな」

さっきの冒険者パーティ、優勝!!

ということで、浅型の焚き火台に決めた。

『にゃう〜』

「ん？　どうしたの、おはぎ」

私が焚き火台を手にしようとしたら、おはぎが私の頬に顔を擦りつけてきた。そして棚に並んでいるスープマグを見て『にゃ』と言う。

「もしかして、あれがほしいの？」

『にゃっ』

まさかおはぎが食器を選ぶとは……!!

おはぎが見ているのは、外側がオフホワイトで、内側がくすみピンクのスープマグ。可愛いデザインで、ご飯を食べるのにも水を飲むのにもちょうどよさそうなサイズだ。

「おはぎが選んだんだもんね、これをご飯用に使おうか。色違いでもう一つ買って、それは水飲み用にしよう！」

『にゃ〜っ』

私がスープマグ改めおはぎの器を手に取ると、とっても喜んでくれた。

今回は浅型の焚き火台とおはぎの器を購入した。

実際ダンジョンで野宿をして、足りないと思ったものは追々買い足していけばいい。

「悩むけど、道具を選ぶのって楽しいねぇ」

「そうだな」

私は上機嫌で道具屋を後にした。

街で買い物をして一泊――ではなく、私たちはいつも通りキャンピングカーでの車中泊だ。宿代の節約ともいいます。

迷宮都市から数時間走った辺りで休むことにした。

ラウルとおはぎは周辺の魔物を狩りに行っているので、今は私一人。ドロップアイテムの食料狙いと、ここで過ごすので防犯対策に魔物を減らしてくれているのだ。

「今日は時間があるし、せっかくだから焚き火台を使ってみよう！」

ふんふん鼻歌を口ずさみながら、キャンピングカーから焚き火台を降ろす。

浅型の焚き火台は、上のお皿の部分と、足の部分が取り外した状態になっている。持ち運びやすく、冒険者は重宝するのだろう。

ささっと組み立てて、私はお皿の部分に薪を乗せてみるが……バランスが難しい。

「ん～～～～。今日はこの上で料理をしたいから、フライパンを置いたときにぐらつかない方がいいんだよねぇ……」

薪は綺麗（きれい）に並べた方がいいかもしれない。数も、大きいのは四本くらいで……その隙間に枝などをくべるのがよさそうだ。

……手間はかかるけど、こまめに枝や小さな薪を追加していって、水平を保つしかないね。

もうお手の物になったフェザースティックも一緒に入れて、ささっと火を熾す。うん、バッチリだね！

「今日は、パンの気分〜♪」

なんてリズミカルに言ってみるけれど、毎日パンだ。

元日本人としては、いつかお米も食べたいけれど……パンだっていろいろ工夫すれば美味しくなるから大丈夫。

街で買ってきた小麦粉などの材料を混ぜ合わせて、パン生地を作る。それをしばらく寝かせている間に、キャンピングカーのキッチンでおはぎのご飯を用意する。

今日は魚の切り身が手に入ったので、いつもの鶏肉にプラスする。魚を軽く焼いて混ぜ合わせる予定だ。

それと一緒に、パンの具材として使うトウモロコシも茹でておく。本当は蒸せたらいいんだろうけど、それはちょっとまだ難しいので……。

キャンピングカーさん、ぜひ電子レンジも実装してください。なんて、心の中で図々しくお願いをしておく。

「あ〜でも、焼きトウモロコシもいいよねぇ。でも醤油がないんだよね。バター醤油という最高に美味しいものが作れないなんて……」

がっかりだよ。

鶏肉を低温調理している間に、私はパンに戻る。

フライパンにバターを溶かして馴染ませ、縁に沿って丸めた生地を並べていく。そして真ん中の空いている部分に、先ほどのトウモロコシを使うのだ。

「問題はマヨネーズだ……」

作り方は知っているけれど、上手くできるかはわからない。なんちゃってマヨネーズになったとしても、まあやむなしか。

卵の黄身、酢、塩、植物油を混ぜるだけなのだが、これがなかなか難しい。植物油を少しずつ、様子を見ながら入れてかき混ぜていく。

「でも、マヨネーズがあれば料理の幅がぐっと広がるよね」

今はパンの分しか作っていないけれど、作り置きをしてもいいかもしれない。そうすれば、野菜にだって使えるし、ポテトサラダだって美味しく作れるだろう。

んー、夢が膨らむね。

そんなことを考えながら混ぜていたら、マヨネーズが完成した。

「おおっ、さすが私！」

ぺろりと味見してみると、市販のものほどコクはないが、なかなかいい味だ。

「結構どうにか作れるものだね」

私はよしっと頷いて、そこに少量の砂糖とクリームチーズを混ぜ合わせる。ある程度混ざったら、粒にしたトウモロコシを投入して混ぜていく。混ぜ終わったら、それをパンの真ん中に入れて……

さらにチーズを振りかける。

「これは……まだ焼いてないのに、ものすごいものができるのがわかる……!!」

なんちゃってダッチオーブン風にして、フライパンで焼くパンだ。

ダッチオーブンを使ったレシピは人気で、前世でもたくさんの動画が上がっていた。それを見たので、作ってみたい料理がたくさんある。

だけど料理動画だけあって、空腹時に見るのはかなりつらいものがあったよね……！　すぐに作れればいいけれど、仕事終わりでくたくただった私には難しかったのです……。

その分、今！　作ってしまおう!!

「ふふっ、前世から念願のダッチオーブン料理――っあ！」

フライパンに鉄の蓋を乗せて、あとは焼くだけというところでハッとする。

「火力って強くしない方がよかった気がする……！　うーん、鍋用の台が直火じゃないところにある焚き火台だったらなぁ……」

おそらく、そんな便利な焚き火台は現代にしか売ってないだろう。

私はどうしようか考えて、炭になっているものだけを使うことにして、焚き火は新しく横に作ることにした。

焚き火はいくつあってもいいものだからね！

「うわっ、いい匂い……！」

『にゃう～』

しばらくすると、ラウルとおはぎが戻ってきた。手にはいくつかドロップアイテムを持っているので、狩りは上手くいったみたいだ。

「おかえり！」

「ただいま」

『にゃうっ』

ラウルとおはぎには手を洗ってくるように伝えて、私はその間に、作っておいた料理をお皿に移す。

パンを焼いている間に作っていたのは、異世界アジのハーブ焼きだ。

包み葉でくるんで、そっと焚き火の中に入れておくだけというお手軽料理。……に見えるけれど、地味に三枚に下ろしたりしてるよ！

付け合わせにインゲンとナスを焼いたので、野菜も摂れる。

「うん、我ながらいいでき！」

焚き火を使っての料理にも慣れてきたので、今後はもっといろいろな料理ができるようになるはずだ。

私の準備がちょうど終わると、手を洗いに行ったラウルとおはぎが戻ってきた。ラウルの手にはおはぎのお皿があるので、おはぎのご飯をよそってきてくれたみたいだ。

「おはぎのご飯、持ってきたけど大丈夫だったか？」

「うん！　ありがとう」

『にゃっにゃっ！』

おはぎは尻尾を小刻みに揺れ動かして、早く早くとラウルを急かしている。狩りの後のご飯は格別だからね。

「「いただきますっ！」」

『にゃっ！』

おはぎが一目散に食べ始めるのを見ながら、私はフライパンの蓋を開ける。実は先ほどから、とてつもなくいい匂いがしていたのだ……！

「なんだこれ、パン……か？」

「その名も、なんちゃってマヨコーンダッチパンです!!」

「だっち……？」

「あー、それはフライパンがそんな感じの鍋に似てたから、適当に付けただけなの。メインはマヨコーンパンだよ！」

なのでそんなに深く考えないでほしい。

私ははじっこのパンを一つちぎって、中央のマヨコーンをつけた。

「こうやって、真ん中のソースをつけながら食べるんだよ」

「へえ。でも、不思議な匂いだな。マヨコーン？　っていうのも、初めて聞いたし」

ラウルは不思議そうにしつつも、大きな口でパンにかぶりついた。瞬間、「んっ！」と驚いた声をあげたので、思わず凝視する。

……もしかして、マヨネーズが口に合わなかったとか……？

この世界でマヨネーズを見たことがないので、きっと馴染みのない調味料だということはわかる。

でもでも、マヨネーズは世界共通の愛すべき調味料だと私は思うよ！

ドキドキしながらラウルの感想を待っていると、目をぱちぱち瞬かせて私を見た。

「ミザリー、これ……」

「ど、どうかな……？」

「めちゃくちゃ美味い‼　なんだこのソース、すっげぇ好き‼」

「だよね〜〜〜‼」

マヨネーズは、ラウルの心を鷲掴みにしてくれたようだ。不慣れながらに作ってみた私としては、にやにやが止まらない。

「中に入ってるのは……トウモロコシか？　歯ごたえがあるから、食感もいいな。しかもチーズも入ってるし……うわ、こんなの反則だろ」

どうやら全部好きらしい。

ラウルが夢中で食べ続けるのを見ながら、私もパンにかぶりつく。……うん、上手く焼けてて最高に美味しい！

濃厚なマヨネーズがチーズと合わさり、さらに濃厚になっている。しかもその中にはたくさんのコーン。つぶつぶ食感が癖になる。

伸びたとろとろのチーズが落ちないようにパンですくい上げて、ぱくりと食べる。

「んっ！」

パンにしみ込んだマヨネーズに、思わず笑顔になる。子供はもちろんだけど、私たち大人も大好きな味だ。

次に、アジのハーブ焼きもいただく。

アジの上にパン粉、チーズ、ニンニク、数種類のハーブを混ぜ合わせたものを乗せて焼いている逸品だ。

「……んっ！　ハーブの風味が食欲をそそるし、生臭さとかもなくて美味しく食べられる！」

「野宿で魚を食べることなんてほぼないから、なんだか新鮮だなぁ」

ラウルは大きな口でかぶりついて、「美味いっ！」と笑顔で感想をくれる。作った甲斐があったというものだね。

「ハーブって、チーズとも合うんだな。ニンニクもいいアクセントになってるし、アジの身も食べやすい」

「使いどころが難しいかもしれないけど、ハーブは料理の時の心強い味方だよ」

地域によっていろいろなハーブがあると思うので、今後はもっと料理の幅が広がるだろうと思っている。

まだ見ぬ食材を探すことも、醍醐味の一つだね。

「魚だし、いくらでも食べられちゃいそう……ん？」

すると、おはぎも『にゃっ！』と話しかけてきた。見るとお皿は空っぽになっていて、満足そうな顔をしている。

「美味しかった？　おはぎ」

『にゃ～』

おはぎが私にすり寄ってきたので、美味しかったみたいだと頬が緩む。もしかしたら、すり寄ってきてるのはおかわりを要求してるのかもしれないけど……！

フライパンいっぱいにあったパンとアジはあっという間になくなってしまい、食べすぎた私たちはしばらく焚き火の前でゴロゴロするのだった。

目的地到着！　～光り輝く焼きキノコ～

「ふあああぁぁ……」

珍しく朝早く目が覚めて、私は体を起こしてぐぐーっと伸びをする。横を見ると、おはぎはまだ夢の中のようだ。

ゴロゴロ喉を鳴らしながら寝ている。可愛い。

私は脱衣所で着替えて、今日のことを考える。あと一時間も走れば、目的地のダンジョンに到着するはずだ。

脱、初心者ダンジョン！　ということで、かなり緊張している。

「……あ、だから目が覚めちゃったのかな？」

と思ったけれど、昨日はお腹いっぱいで早い時間に寝落ちしてしまったからかもしれない……と苦笑する。

「せっかくだから、少し散歩でもしようっと」

私はキャンピングカーから降りて、深く深呼吸する。朝の空気はとっても気持ちよくて、遠くの山々が見える景色も抜群だ。

散歩の前に軽くラジオ体操をして、短剣も忘れず腰に下げて、私はのんびり歩き始めた。

キャンピングカーを停めて休むときは、できるだけ人目に付かない場所を心掛けている。

ここら一帯は草原なんだけれど、キャンピングカーの近くには比較的背の高い草木があるので、ぱっと見では気づかれづらい。

……まあ、キャンピングカーには許可がないと入れないから、特に危険なことはないんだけどね。

なので、キャンピングカーから離れて散歩しても大丈夫かもと思ったりしたわけです。

そんなことを考えながら歩いていると、足元に薬草が生えていることに気づく。

「おおっ、これは朝から幸先いいね！」

薬草は自分で使うことはもちろん、冒険者ギルドに売ってもいい。ただ、薬草そっくりな草があるので、採取のときには注意が必要だ。

私は葉っぱの形などを調べて、薬草もどきではないことを念入りに確認する。

「キャンピングカーに鑑定機能はついてるけど、毎回鑑定するのは大変だからね」

それに、今戻って鑑定をするのは面倒でもある。

冒険者としてスキルアップするために、自分の目でも薬草を見極められるようになりたい。

いくつか薬草を採取して、私は再び歩き出す。

「あとは何かあるかな～」

散歩が楽しくなってきて歩いていると、小さな花を見つけた。白とピンクの小花がついているので、どことなくハーブにも似ている。

少し摘んで、キャンピングカーに飾ってみるのもいいかな?

花瓶なんてお洒落なものはないけれど、コップに水を入れて活けるだけでも可愛いと思う。問題は、ガタガタ道で揺れたときにコップが倒れないかどうかだね。

「まあ、きっと大丈夫。キャンピングカーを華やかに！」

ということで、少しだけ花を摘んで、再び歩き出す。

「でも遠くに行くと危ないかも――って、何かいる!!」

目の前の背の高い草むらがガサッと揺れて、今にも何か飛び出してきそうな気配を感じる……!!

ドッドッドッと心臓が早くなるのを感じながら、腰の短剣を構える。大丈夫、私は強くなったから……!!

すると、一匹のスライムが飛び出してきた。

「スライム!!」

私ははあぁ～～と、一気に肩の力が抜けた。雑魚ではないか。こんなの、私にしたら朝飯前ですよ。

ぷるぷる揺れる魅惑のボディをあっさり斬りつけると、スライムは光の粒子になって消えた。

「勝利！」

朝からいい運動になった気がする。

ここら辺は魔物が多そうなので、私はキャンピングカーに戻った。

精霊のダンジョンに向けてキャンピングカーを走らせているのだけれど——私はといえば、助手席のラウルとおはぎにお説教されていた。

ちなみに散歩で摘んだ花はコップに活けて、ドリンクホルダーに飾っている。

「ったく、起きたらミザリーがいないから焦ったんだぞ？」

『にゃうう！』

「ごめんて～！　二人とも寝てるみたいだったから、起こしたくなかったんだよ。それに、スライムも倒せたんだから！」

一人で倒しちゃったんだよ？　スライムとはいえ、私の冒険者レベルもパワーアップしていると考えていいだろう。

そんな風に得意げに告げると、ラウルにため息を吐かれてしまった。

「だからって、何も言わずに行くのはナシ。ここだからまだよかったけど、ダンジョンなんて何が起こるかわかんないんだぞ？」

「う……。これからは気をつけます。さすがに、安全が確保されてないところでは散歩なんてできないよ」

謝罪を口にすると、ラウルは「マジで気をつけてくれ」と真剣な顔で頷く。そしてそんなタイミングで、インパネから《ピロン♪》と音が鳴った。

「——！」

「お、レベルアップだな。おめでとう」

『にゃっ』

「ありがと！」

私はキャンピングカーをいったん停めて、インパネでレベルアップの詳細を確認する。

さてさて、レベルアップでどんな進化をしたのかな～？

《レベルアップしました！　現在レベル11》
レベル11　空間拡張

「空間拡張!!」

「空間……？　いや、もう驚いても仕方ない……」

さっそくキャンピングカーのチェックだ！

ということで、すぐさま居住スペースへ行く。運転席から行ってみたけれど、ぱっと見で変わっているところはない。

全体的に広くなったわけではなさそうだ。

運転席を後ろに、右手にはいつも通りの簡易キッチンスペース。左手には、ベッドになるテーブルと椅子。

「あ、もしかしてシャワーがお風呂になったとか!?」

そうに違いない！

私は確信めいたものを持って、脱衣所の引き戸を開け、シャワー室もといお風呂になってるであろうドアを開けて――何も変わってなかった。

「ガーン‼」

日本人といったら、お風呂じゃんね……。

まあ、キャンピングカーにお風呂、というのはあまり現実的ではないし、贅沢が過ぎるかもしれないけれど……。

でも夢ぐらいは見せて～よよよ。

私の肩に乗っているおはぎがすりすりしてきて、慰めてくれる。

「ミザリー、もしかしてこれじゃないか⁉」

「え⁉」

『にゃ？』

ラウルの声に、私は勢いよく振り返る。が、そこにラウルの姿はない。どこにいるのだろうと探せば、ラウルがいつも寝ているトランクの小上がりスペースだった。

「え、ドアがついてる！」

『にゃうっ！』

窓の横に、なにやらドアがついているではありませんか。

「開けた……？」

「いや、さすがに勝手に開けるわけにはいかないだろ」

「律儀……」

私はドキドキしながら、新しくできたドアを開けてみる。ゆっくり中を覗き込むと――そこは四畳ほどの部屋だった。

床はフローリング。壁はオフホワイトだけれど、一面だけ水色のアクセントクロスになっていてお洒落だ。白い扉の収納もついていて、よくある個人部屋だろうか。

私の肩から下りたおはぎが、慎重に部屋の中を探検している。床の匂いをかいで、しかし安心したのか寝転んだりしている。

「おはぎの順応速度がすごい」

私が感心していると、ラウルが「すごすぎるだろ……」と驚きの声をあげた。

「すごいよね！　でもよかった、これでラウルの寝るところができたね～」

「いや、ミザリーの部屋だろ。なんで俺が真っ先に個室をもらうんだ」

「え？　あ……」

ラウルには空いているトランクスペースで寝てもらっていたので、それが申し訳ないと思っていた。なので、やっとラウルにも寝る場所ができた～と喜んでしまったが……言われてみれば確かにそうだ。

家主を差し置いて個室をもらうなんて、私だったら無理だ。

「うぅ、じゃあここは私の部屋にさせてもらうよ。ラウルは簡易ベッドを使ってもらっていいかな？」

「十分すぎる」

ラウルが頷いたので、私が個人部屋、ラウルが簡易ベッドということで決まった。

「ひとまず私の荷物はここに置いておこうかな？」

「寝るとき困るから、寝具だな。布団を敷いて寝るか、それともベッドを買うまで今まで通りにするか？」

「床に布団を敷いて寝るから大丈夫」

ベッドがあれば便利でいいけれど、この世界では一般的にベッドフレームに布団を乗せて寝るだけなのだ。

マットレスがあるわけでもないので、正直寝心地は床でも変わらない。

「そうか？　なら、布団は運んどくな」

「ありがとう」

ラウルに布団を運んでもらっている間に、私は着替えや鞄など、自分のものを部屋の収納にしまった。

自室とはいえ、まだ家具もない。

「しばらくは寝るだけの部屋かな？　そのうち机とか、家具も揃えたいな」

夢が広がると思いつつ、私は運転席に戻った。

レベルアップしたキャンピングカーをご機嫌で走らせていると、助手席のラウルが「見えたぞ！」

と声をあげた。

ラウルの膝で昼寝をしていたおはぎは、驚いたのか『にゃっ⁉』と声をあげた。

「あれが精霊のダンジョン？」

「ああ！」


精霊のダンジョンは、山を少し登ったところにあった。

沢沿いにキャンピングカーを走らせていき、ちょうど小さな滝がある横に入り口がある。洞窟のような雰囲気だけれど、精霊の像があるのですぐにわかった。

ダンジョンの前には誰もいないけれど、焚き火の跡があったので、多少は人の出入りもあるみたいだ。


キャンピングカーから降りて、私はまじまじと精霊の像を見た。像の台座部分に、『精霊のダンジョン』と書かれている。

そして中はというと、さすがにキャンピングカーで走るには道幅が狭い。うーん、やっぱりダンジョンでキャンピングカーを出すのは難しいかもしれないね。

『にゃうにゃうっ』

「どうしたの？　おはぎ」

おはぎが何か見つけたみたいで、洞窟に入っていく。

「ちょ、待っておはぎ！」

ダンジョンなんだよ、そんな簡単に入らないで……‼

私が慌てて追いかけると、おはぎは入り口すぐのところで光るキノコの匂いをかいでいた。わあ、ファンタジーキノコだ。

「なんていうキノコだろう。持って帰りたい！」

すると、すぐにやってきたラウルが説明してくれる。

「それは光キノコっていうんだ。光ってるから、こういう暗い場所では重宝するぞ」

「光キノコね」

洞窟内があまり暗くないのは、このキノコがあるおかげみたいだ。

光キノコは足元はもちろんだけれど、壁や天井にも生えている。そのおかげで、洞窟の通路は全体的にほんのりと明るい。

「これって、もいでも光ったままなのかな？」

「五分くらいは光ってるかな？　短いから、手持ちの明かりとして使うことはできないんだよな。使えたらよかったんだけど」

暗い場所ではランタンなどの道具を使うか、魔法で光を用意するしかない。光キノコが使えたら手軽なのに、そう上手くはいかないらしい。

「そっか。それは残念。……でも、結構な数だね？」

「そうだな。ダンジョンはこうやって明かりがあるとこが多いから、ランタンを使うことは実はそうないんだ」

ラウルの言葉に「なるほどー」と頷きながら、私の頭の中は別のことでいっぱいになっていた。

「この光キノコって、食べられる？」


「……え？」

私の問いかけを聞いたラウルは、目が点になった。

「光キノコを食べようと思ったことはないけど、確か食べた冒険者の噂(うわさ)は聞いたことがあるな」

「やっぱり食べた人もいるんだ？」

「食料が尽きそうになって、光キノコを……っていうことはあるみたいだな。飢え死にするよりはマシ、ってとこなんじゃないかな？」

「あ～……」

光ってる怪しいキノコは食べたくないけど、死ぬのはもっと嫌っていうことか。

「食べた人は無事なの？」

「無事？」

「毒があるとか……？」

キノコで怖いのは、毒だ。

うっかり山で採ったキノコを食べて中毒になったというニュースは、日本でも毎年あった。

「毒があったっていう話は聞かないな」

「本当？　なら、食べられそうだね！」

やった、未知なるファンタジー食材ゲットだぜ！

キノコだから、素焼きにするのが美味しいのでは？　と考える。

――ハッ！

「もしかしてダンジョン前にあった焚き火の跡って、光キノコを焼いたんじゃ⁉」

「そんなわけあるかい！」

「あうち！」

あまりにも想定外だったからか、ラウルに突っ込まれてしまった。

「ここで焚き火をするのは、夜に到着して朝を待つ場合だ。光キノコを食べるためじゃない」

「そっかぁ」

ちぇ。私は残念に思いつつ、壁に生えている光キノコを一つもいだ。

「おおっ、採ったあとも光ってる！」

「本当に食べるのか……」

ラウルが苦笑したけれど、私の食への好奇心が勝ってしまったのです……。

私たちはダンジョン前にある焚き火の跡を再利用させてもらうことにした。

すぐに焚き火を熾し、その上に網を乗せ、スライスした光キノコを乗せて焼いていく。光キノコは切ってもまだ光っていた。

「……どういう仕組みで光ってるんだろう？」

「光キノコの持つマナが光る仕組みなんじゃないか？」

「あ、なるほど」

魔力的な意味合いで光っていると、一般的に考えているようだ。

光キノコが汗をかいてきたのを見て、塩をぱらりとふりかける。これで光キノコの美味しさを感じられると思うんだけど……どうだろう？

焼けた光キノコをお皿にとって、マジマジと見る。

……見た目は普通のキノコだね。ただし発光しているけれど。

「ラウル、焼けたよ」

「俺は、いやぁ……？」

「ええ……。おはぎはキノコだから一応食べられるけど、消化を考えるとあまりよくな――」

『にゃうう』

私が言い終わる前に、おはぎがそっぽを向いた。

「え⁉　あんなに食いしん坊なおはぎが食べる前から拒否⁉」

光キノコは、よほど魅力がないらしい。

「しかたない。――ミザリー、食べます‼」

ぱくっと一口でキノコを食べた。

噛んでみた感じは、一般的なキノコと同じ弾力。しかしキノコの旨味というものが一切ないというか、味がない。

「やっぱり不味かったか」

「む～、ゴムを噛んでるみたい。味がないのは、不思議食材だから……？　それともダンジョン産だから……？」

私はもぐもぐしながら首を傾げる。

「ん～。ダンジョンの中でも、美味い食材があることはあるよ。だから、ダンジョン産だから不味いとか、味がしないわけじゃないと思う」

「なら、光ってるのが原因かな？」

「旨味が全部マナになってる、っていうのはあるかもしれないな」

ラウルの言葉になるほどと頷き、どうにかして光キノコを飲み込んだ。申し訳ないけど、二切れ目を食べるのは無理だ……。

「あ……っ」

『にゃっ⁉』

私が残った光キノコの処理をしようとすると、ラウルとおはぎが声をあげた。その顔は戸惑っていて、眉が下がっている。

「……？　どうしたの？」

「ミザリー、気づいてないのか？」

いったい何に？　と聞く前に、自分の手がわずかに光っていることに気づいた。

「えっ⁉　なにこれ‼」

咄嗟に立ちあがり、自分の体をくまなく見る。

光キノコみたいに光っている。

「絶対に光キノコを食べたのが原因だよね⁉」

「それ以外は考えられないからな」

まさかこんな罠があるとは思ってもみなかった。

え、嘘、どうしよう。

「もしかして私の体、ずっと光ったまま……⁉」

思わず縋りつくように、ラウルに助けを求める。

「いや、どうだろう……」

私の焦りを察したのか、ラウルが目を逸らす。

待って、本当に私――

「――あ、光が消えた……」

ラウルの腕を摑んでいた自分の手から、光が消えた。

恐る恐る体を見てみると、光はなく、元の普通の人間に戻っていた。

「は――……。よかった」

「光キノコはもいだら五分で光らなくなるから、五分経ったんだろうな」

「あ、そういうこと⁉」

　焦って損した……！

「って、ラウルも知ってたなら教えてよ！　まさか光るとは思わなくて、すごくびっくりしたんだから……！」

「ごめんごめん。光るっていうのは知らなかったけど、光ってる冒険者はいなかったから……そのうち消えるとは思ってたんだ」

「それもそうか……。でも、びっくりした……」

　私は大きく息を吐き、しばらく休憩して気持ちを落ち着かせるのだった。

キャンピングカー間取り

Lv11 キャブコンバージョン

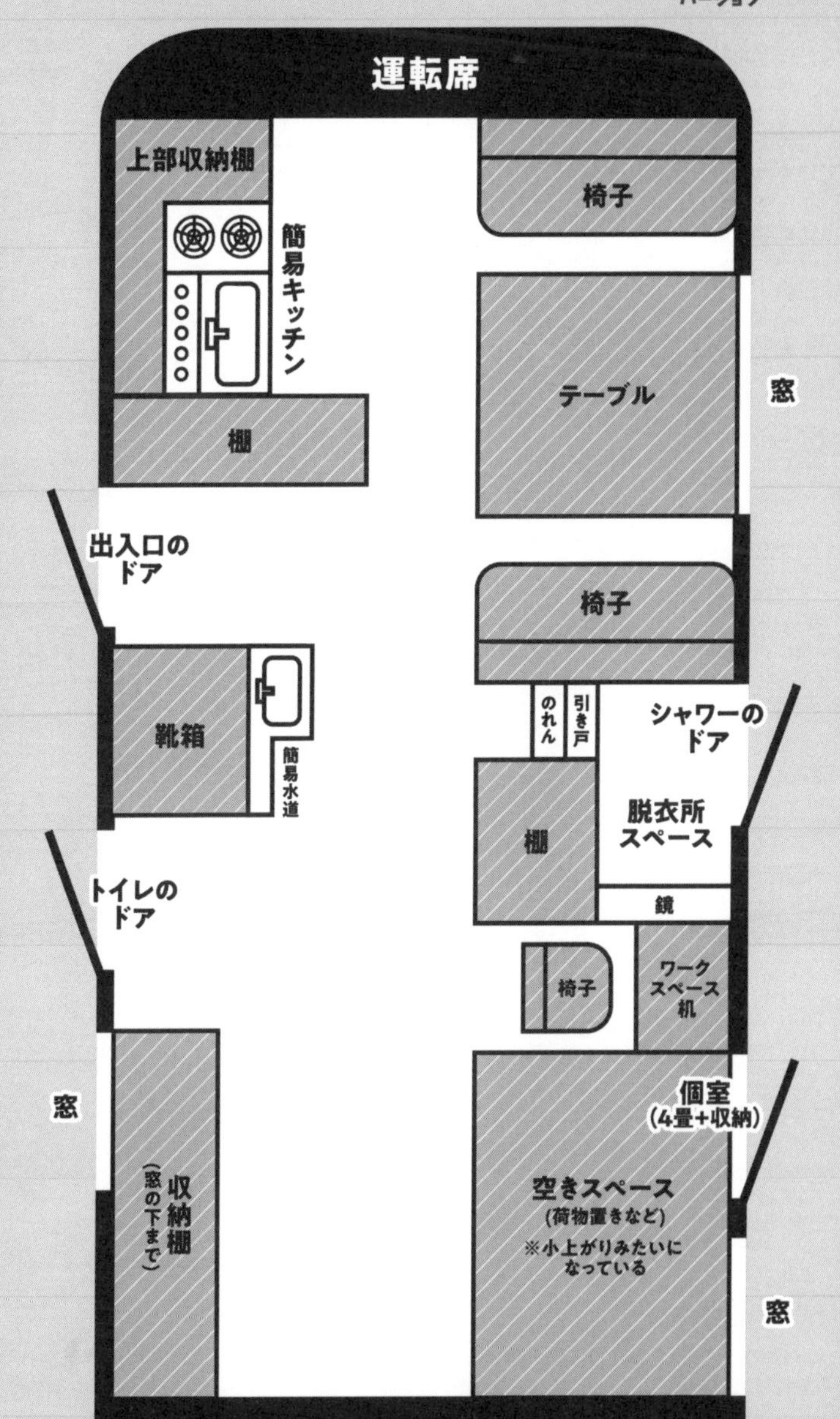

「とりあえず、まずは一層を探索してみるか」

「……うん！」

私はラウルの言葉に頷（うなず）いて、短剣を握りしめた。


ここ、精霊のダンジョンは五層まで確認がされているそうだ。一階層は入った感じ、キャンピングカーを出せるほどの道幅はない。

六層以降もあるらしいのだが、あくまでも噂（うわさ）で、その情報は公になっていない。

……攻略してる人からすれば、情報共有したらライバルが増えちゃうわけだもんね。

とはいえ、私たちだって最下層を目指している。最下層、もしくはダンジョン攻略時に得られるかもしれないエリクサーが目当てだ。


「頑張ろう……って、スライム！」

「ミザリーなら、もう余裕だろ？」

「もちろん！」

洞窟の中をぴょこぴょこ歩いてきたスライムをあっさり倒して、よしよしと思ったら……岩の影からゴブリンが出てきた。

「ひょっ！」

思わず変な声が出た。

ゴブリンの背丈は私の膝くらいで、緑色の肌に、薄汚れた布を巻いている。手には武器替わりの木の棒を持っている。

漫画やゲームで見るゴブリンはデフォルメしたりして可愛く描いてあることが多いけど、現実のゴブリンはまったくそんなことはない。

……というか、臭い。

ゴブリンの上位に位置するリーフゴブリンは倒したことがあるけれど、あれはキャンピングカーで体当たりしたようなものだった。

……だからこんなに臭いとは思わなかった!!

「ゴブリンか。多分ミザリーも倒せると思うけど――」

「お手本をお願いします!!」

「わかった！」

私が頼むと、ラウルはすぐに前に出た。ゴブリンの『ギャギャッ』という鳴き声に、ゾゾッとしたものが背中を走る。

「頑張って、ラウル!!」

『にゃっ！』

おはぎと一緒にラウルの応援だ。

しかしラウルは余裕の表情で、軽く地面を蹴って加速したかと思えば、そのまま剣を横に振ってゴブリンの体を真っ二つにしてしまった。

「……っ、つよ‼」

ラウルの剣捌きに驚きつつ、私にゴブリンは早いのでは……と嫌な汗が流れる。

「ゴブリンは数が多いと厄介だけど、単体ならそんなに脅威じゃないんだ。ミザリーも、気楽に考えていけばいいよ」

「とはいえ人型だし、多少は怖いよ」

私が苦笑しつつそう言うと、ラウルは「それもそうか」と納得したようだ。

「だったら、俺が前衛になる。ミザリーは後ろから、いけそうなタイミングのときだけ一撃入れるんだ。それならどうだ？」

「それなら……いけそうかも！」

最初から一対一では確かに難しいかもしれないけれど、ラウルのサポートがあれば状況は変わる。私でもできそうだと、希望が見えてきた。

すると、おはぎがちょいちょいと私の足を触った。

『にゃにゃっ？』

「もしかして、おはぎも戦おうとしてる……⁉」

スライムは確かに一撃だったけど、さすがに――

「さすがにゴブリンは無理だろ～。おはぎはスライムが出てきたときに頼むな。スライム隊長だ！」

『にゃ！』

おはぎがスライム隊長に任命されてしまった。

なんというか、パーティらしくなったと思う。私とラウルがゴブリン担当で、おはぎがスライム。

……うん、いい感じかも！


それからしばらくダンジョンの中を進み、魔物を倒す。

スライムとゴブリン、それからウルフが出てきた。ウルフは名前の通り狼の魔物で、素早い。そのため、私ではなくラウル担当になった。

……初心者の私がウルフのスピードについていくのは無理だったよ。

「少し休憩するか？」

「うん！」

『にゃ～』

広い場所に出たので、休憩することにした。

バスケットコートくらいの広さがあるので、キャンピングカーを出すこともできそうだ。こういう場所が何ヶ所かあれば、休みやすくてありがたい。

ラウルが広場を見て回り、危険がないか確認してくれる。

「休んでも大丈夫そうだ。ほかの冒険者も、近くにはいないな」

「わかった。キャンピングカー召喚!!」

私がスキルを使うと、キャンピングカーが現れた。

ソファに座って休んで、お菓子か何かをつまみたい。あとトイレにも行きたい。ダンジョンでトイレを召喚できるって最高か。

「あー、そうか。これくらいの広さがあれば、キャンピングカーを出せるのか」

感心した様子のラウルに、私は頷く。

「石や地面に座るより、中で休んだ方が疲れも取れていいでしょ？」

焚(た)き火で癒されるなら別だけれど。

「そうだな」

キャンピングカーに入って手を洗い、私はさてどうしようかと考える。

時間を見たら、もう夕方だった。

自分で考えていた以上に時間が経(た)っていたらしい。今日はもう、ここで野宿するのがいいのでは？と考える。

すると、ぐぅぅ～とラウルのお腹(なか)が鳴った。

「あ……」

「あはは、私もお腹空(す)いたよ～」

恥ずかしがるラウルに笑いながら、自分もと告げる。

「もう夕飯にして、今日はここで休む？」

「だな。そうしよう」

ということで、今日の冒険はここまでとなった。

私たちがダンジョンに入ってから、三日が経った。

作戦は上手く行き、前衛ラウル、中衛私という役割で順調に進んでいる。

「ラウル、階段！　階段があるよ!!」

見つけたのは、二層に進む階段だ。

岩が階段になっていて、下りられるようになっている。

「お～、やっとか！」

「この先は、もっと強い魔物が増えてくるんだよね？」

私の問いかけに、ラウルは頷く。

「強くなるのもそうだけど、数が増える。ここで言うと、一層は単体で出てくるゴブリンがほとんどだったろ？　でも、階層を増すごとに増えてくるんだ。同じ魔物でも、難易度が桁違いに上がることもある」

「……っ！」

ラウルの話を聞いて、私はごくりと唾を飲む。

以前倒した魔物だからといって、油断したらこちらがやられてしまう。個の優れた力よりも、数が圧倒することは少なくない。

より一層注意していかなきゃ。

そしておはぎのことも守ってみせる‼

「――で、ここからは相談だ」

「ん？」

「一度、迷宮都市に戻るか、このまま次の階層に進んでいくかだ」

「あ、そうか……。私たちが受けた討伐依頼はゴブリンとウルフだから、依頼は達成してるんだ」

私のような駆け出しの冒険者は、普通は日帰りで行ける狩り場やダンジョンに行く。今回は人の少ないこのダンジョンに来たけれど、戻るタイミングとしては適正なのだろう。

が、私はうう～んと悩む。

「ぶっちゃけ、休憩と就寝時はキャンピングカーで過ごしてるから……あまり苦ではないというか、なんというか」

「それはそう……‼　こんな快適な野宿する冒険者、いないから。というか、シャワーとかいう謎のすごいものがある時点で、そこら辺の宿に泊まる何倍、いや……何十倍も快適なんだよ‼」

「あ、ありがと」

ラウルに力説されてしまった。

服もシャワーのときに洗って、寝るとき室内に干しているから不衛生にもならない。綺麗な水を確保できるということも、大事なことだ。

そもそも簡易キッチンがある時点で最高です。ある程度は食材の保管ができるし、調理ができるので美味しいものを食べられる。

「となると、気になるのは食料かな？」

「だな。一応、干し肉とかは多めに買ってあるからいいとして……問題はおはぎ用の肉だな」

「おはぎに塩分は敵だからね」

なので、干し肉など濃い味付けのものをおはぎにあげることはできない。

「なんか狩りでもできればよかったんだけど、ここは角ウサギがいないからな」

「ゴブリンとウルフだもんね」

食用ではない。

「おはぎのことを考えると、食料はあと二日ってところかな。冷蔵庫があっても、そんなに長くお肉が持つわけじゃないから……。少し余裕があることを考えると、このまますぐ戻るのはもったいない気もするね」

「んー、それなら少し二層を見て引き返すか？」

「あ、それいいね！」

せっかく二層の階段まで来たのに、このままバイバイでは寂しすぎる。私たちは少しだけ二層を覗いて、一度迷宮都市に戻ることにした。

「足元、気をつけろよ」

「うん」

洞窟の階段を下りて、私たちは二層にやってきた。

『にゃにゃっ！』

「わっ、二層は一層よりも広いねぇ……！」

おはぎがはしゃいでいるので、勝手にどこか行かないように抱きあげる。いきなり走っていって

ゴブリンの餌食にでもなったら大変だ。

するとラウルが通路の中心で両手を広げたり天井の高さを確かめたりし始めた。

「何してるの？」

「いや、結構広いから……もしかしたら、キャンピングカーが走れるんじゃないかと思って」

「――‼」

確かに通路の道幅は広くなっているので、通れそうな雰囲気を感じる。が、結構ギリギリだし、

洞窟なので壁面に大きな岩などがあると厳しそうだ。

でも、キャンピングカーで走れるのはありがたいね。

ラウルが私を見て、「出してみるか？」と言う。

「……そうだね、出してみないとわからないしやってみようか。キャンピングカー召喚！」

私がスキルを使うと、目の前にドン！　と圧迫感満載でキャンピングカーが現れた。ありがたい

ことに、キャンピングカーは進行方向を向いて出てくれている。

「どれどれ……」

キャンピングカーの周りをぐるっと回り、サイズ感を見てみる。

「左右ともに、人間一人が通れるくらいの隙間があるね」

「これならキャンピングカーを走らせれそうだな」

「……うん！」

私の運転技術でこの狭い道を？

異世界の大草原ばかり走っていた私が、日本のような狭い道を走れるのか……？

と思ったが、ぶつけたとしてもレベルが上がれば綺麗になるので気にせず笑顔で返事をした。大丈夫、乗ってる間に上手くなるから！

「じゃあ、ちょっと走ってみるね」

そう言って、私たちはキャンピングカーに乗り込んだ。

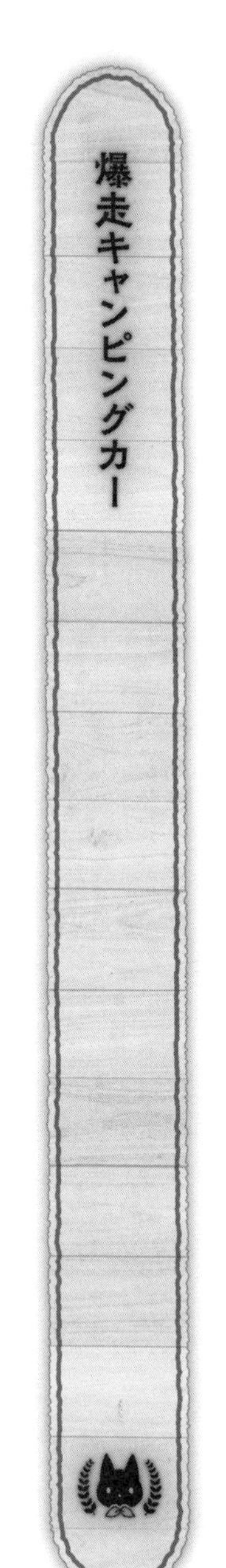

爆走キャンピングカー

ガガガッと岩壁に車体を擦りつけてしまい、私は「んあああぁぁ〜っ！」と声を荒らげる。まだキャンピングカーを走らせて三分のできごとだ。

「まあ、狭いから仕方ないよな……」

「ううう……。傷はレベルアップしたら直るから、今はとにかく走ってダンジョンの道に慣れることにする……」

慣れない狭い道を大きなキャンピングカーで走るのは、とても大変だ。


しかしキャンピングカー移動にした結果、実はいいこともあった。

カーナビがあるので、なんとすでにマッピングができあがっている。しかも魔物はナビ上に青丸で表示されるので、どこに敵がいるのか一目でわかってしまう。

それから、自動でライトがついてくれるので明るい。光るキノコが生えているとはいえ、やはり人工的な明かりは強いね。

……キャンピングカー、ダンジョンとの相性よすぎでしょ！

「って、やばい！　この先の緩やかなカーブを曲がったら、魔物がいる！　二匹も!!」

急いでキャンピングカーから降りて戦わなきゃ！

そう思ったのに、私のつたない運転技術のせいで……ドアのすぐ横が壁なせいで……開けることができない!!

「ぎゃーん！　どうしよう、魔物が来ちゃう!!」

プチパニックとはこのことか。

とりあえず少し進んで、壁とのゆとりをとろうと思いアクセルを踏む。すると、思いのほか踏み込んでしまい……ギュルルッとキャンピングカーが走り出してしまう。

「わー、やばいやばい!!」

正面衝突!!

笑えない！　どうにかしてブレーキを踏もうとしたのだが、私はフロントガラス越しのゴブリンと目が合ってしまった――。

ゴン！　という音とともに、ゴブリンが光の粒子になって消えた。

「――え？　もしかして倒した？」

倒したというか轢(ひ)き殺してしまった……？

ドクドクと心臓が嫌な音を立てる私の横で、ラウルの「すごいなぁ～」という呑気(のんき)な声が聞こえてきた。

「生活もできて魔物も倒せるスキルなんて、そうそうないんだぞ？　このまま魔物を倒して進んでいけるなら、ダンジョン攻略もすごいスピードで進みそうだな」

「え、あ……そうか、そうだね？」

私はラウルの言葉にうんうんと何度も頷く。

何かを轢き殺した、という感覚が強かったけれど、実際には『スキルで魔物を倒した』ということになるんだ。

この世界に自動車がないことも理由の一つかもしれないけど……私はなんだかすっきりして、ストンと心が落ち着いた気がした。

「じゃあ、このまま少し走ってみようかな？」

「賛成！」

『にゃ！』

ラウルとおはぎの元気よい返事を聞き、私は再びキャンピングカーを走らせた。

ガン！　ゴン！　ドン！　——と、出会う魔物たちを轢きながら進んでいく。時折ガガガガと車体を壁で擦る音もするけれど、最初のころに比べたらかなり減った。

「今度はウルフとゴブリンが一匹ずつだ」

「オッケ！」

私はぐっとアクセルを踏んで、勢いよく魔物にぶつかる。

というのも、のろのろ走るとダメージが低いので、魔物を倒せないことがあるのだ。そのため、魔物を見つけたら勢いよくアタック！　が合言葉だ。

——しかし、大きな問題があった。

「んあああっ、ドロップアイテム!!」

そう、魔物を倒したのにドロップアイテムを拾えないのだ。

厳密にいえば拾えないわけではない。キャンピングカーから一度降りて拾えばいいのだ。が、それはものすごい手間なわけで……。

そのため、ドロップアイテムは魔物の数が多いとき、もしくはレアアイテムが出たときに拾うことにした。

金銭面を考えるとドロップアイテムは大事だが、それより数をこなして討伐報酬をもらった方がおいしいという結論になったからだ。

……そうだとわかっていても、やっぱりドロップアイテムは惜しいけどね。

私がドロップアイテムを得られないことへの悔しさから叫び声をあげていると、インパネから《ピロン♪》と音が鳴った。

「え、もうレベルアップ!?」

「今回は早いな」

『にゃあっ』

最初のころに比べるとレベルアップのタイミングがゆっくりになってきていたのに、ここにきてまさかのレベルアップ。

私が不思議に思っていると、ラウルが「あ！」と声をあげた。

「もしかして、魔物を倒したからじゃないか？」

「え？　あ、そうか……。キャンピングカーで倒した魔物の経験値が入ってるんだ！」

それならキャンピングカーのレベルが上がったのも納得だ。

「今度はどんな性能がついたんだ？」

「見てみるね」

《レベルアップしました！　現在レベル12》
レベル12　お風呂設置

「は、はわわわわっ」

衝撃の進化を遂げていたので、思わず変な声が出てしまった。

「やばい、やばいよラウル！　お風呂が実装されてしまったよ‼」

「風呂ってあれだろ、貴族の屋敷とかにしかないやつだろ？　そんなすげえもんが……⁉」

『にゃう？』

ラウルはあまりのことに震えているし、おはぎはよくわかっていないみたいだ。

「すぐに見に行きたい！」

「行きたい！　けど、さすがにここに停(と)めておくのは……でもまあ、ほかの冒険者もいないし、いいか」

「やった！」

堂々と通路のど真ん中に停めて、私たちは居住スペースへ移動した。

見る場所は、もちろんシャワー室だ。

のれんと引き戸、脱衣所に変化はない。ここも広くなって、化粧台のようなものが設置されたらよかったのだけど……まあ、我儘（わがまま）は言いません。

「いくよ……ラウル、おはぎ」

「おう……！」

『にゃうっ』

私はドキドキしながら、浴室のドアを開けた。

今まではシャワーしかなかったけれど——あああっ、お風呂が！　あるっ!!

「やったー！　お風呂だー!!」

私、大歓喜!!

設置されたお風呂は、いたって普通のお風呂だった。賃貸についているような小さなものだけれど、シャワーのみだったことを考えれば十分だ。

浴室内は明るい色合いで統一されていて、シャワーはもちろんだけど、鏡もついている。そして壁にはリモコンがついていて、自動でお湯張りをしてくれるようだ。

「しかも浴室乾燥付きだ……と……⁉」

ざわりと私の心が揺れる。

「おお、これが風呂か！　なんかすごいな」

ひょこりと覗(のぞ)いてきたラウルが、ワクワク顔で浴室内を見ている。

「浴槽はそんなに広くないけど、座れば足がのばせるかな？」

テレビ番組よろしく、浴槽に入って足をのばしてみた。うん、つま先が触れるか触れないかくらいなので、私にはちょうどいいね。

「そうやって入ればいいのか。楽しみだ」

……ラウルにはちょっと狭いかもしれない。

「これ、どうやって使うんだ……？」

すごいのはわかるけれど、ラウルには使い方がさっぱりわからないようだ。そうだよね、日本仕様になってるもんね。

これは実践してみるのがいいかも。

私はリモコンパネルの操作をラウルに説明する。

「ここの『自動』っていうのを押すと、お風呂にお湯を張ってくれるの。お風呂を出たときは、浴槽にあるここを押すとお湯を抜いてくれて……最後にリモコンの『換気』ボタンを押してね」

「ボタンを押せばいいのか。それなら俺にもできそうだ！」

「うん。あ、自動ボタンでお湯を張る前に、ここで栓を閉めるのも忘れないでね」

たぶん、栓の閉め忘れでお湯が溜まってなかった経験は誰しも一度くらいあるはずだ。……あるよね？

何度か栓を開け閉めして、ラウルに使い方を教えた。

「わかった！」

ラウルがぱあっと笑顔になったので、私も笑顔になる。

ほかにも湯量や温度の設定があるけれど、これは標準のままで問題ないだろう。冬になったら、温度を少し上げるくらいだろうか。

「じゃあ、ちょっとやってみよう！　ラウル、お風呂を入れてみて」

「え、俺が？　……よし、わかった。ミザリーは操作できるから、できない俺がやって覚えた方がいいもんな」

ラウルは真剣な顔で頷いて、お湯を張るために自動ボタンを押す。すると、ブシュッと勢いよくお湯が出てきた。

「うわっ、すげぇ!!　え、もしかしてお湯なのか？　魔導具……？　魔導具にしても、この勢いはすごい性能だろ……」

感心したのか感動したのか、ラウルはお湯が出てくる様子をじ～っと眺めている。「すごいなぁ」なんて呟きながら見ていて、楽しそうだ。

……なんだか、私が焚き火を見てるときに似てるね。

しかし大変なことが起きているのだけれど、ラウルは気づいてない。

お風呂の栓を閉め忘れていて、出てきたお湯がかたっぱしから流れていってしまっている。

……思わず温かい目で見守ってしまった私を許してほしい。

「ラウル、お湯……どうなってる？」

「え？　ここに溜まってくんだろ……？　って、え⁉　流れてってる⁉　あ、栓‼」

栓を閉め忘れたことに気づき、ラウルが慌てて栓を閉める。すると、すぐにお湯が溜まり出して

ラウルがほっと息をつく。

「これを閉め忘れると、こんな大変なことになるのか」

「そうなの。だから気をつけてね」

「ああ」

嫌な汗をかいたと、ラウルは手の甲で額を拭った。

せっかくならお風呂に入りたいところだが、さすがに通路に停めてお風呂タイム……というのは気持ち的に落ち着かないので、ひとまず広場を目指すことにした。

その広場でお風呂休憩をしてご飯を食べたら、引き返して迷宮都市に戻る……という計画だ。

……ちょっと覗くつもりだったのに、思いのほか長居してしまったね。

「よっし、頑張って運転しますか！」

『にゃう！』

気合を入れるが、まずは道の確認だ。

カーナビ様がマッピングをしてくれているので、この先に広場があるかどうかもわかってしまうというわけだ。

私はインパネを指で操作して、この先の状況を確認していく。

「んー、一〇分くらい走れば広い場所に出そうだね。魔物に遭遇することを考えると、もう少しかかるかな？」

ちょこちょこ青丸があるので、経験値もおいしそうだ。

「了解！　とはいえ、驚異的なスピードなんだからな？　こんな楽なダンジョン攻略、普通無理だからな？」

「わかってるよ～！」

私はアクセルを踏んで、ブロロロロ……とキャンピングカーを走らせる。道が狭いので、運転もいつもより慎重だ。

途中でゴブリンたちをキャンピングカーで倒しつつインパネを確認していると、私は赤丸に気づいた。

「あれ？　こんなの、さっきまではなかったのに……」

「どうした？」

「目指してる広場に人がいるみたい」

「あ、この赤丸か」

ラウルはうーんと首を傾げてすぐ、「あ！」とその原因に思い当たったようだ。

「ここの広場に、次の階層に行く階段があるんだ！」

「え？　あ、なるほど～～！」

ここ、二階層は軽く確認して引き返そう……という話だった。

けれど、キャンピングカーで走れてしまったので、思った以上の速さで攻略してしまっていたらしい。嬉しい誤算だ。

「ということは、冒険者が休憩してるのかな？」

「その可能性は高いな。たぶん、帰る途中なんだろ」

「なるほど」

そうなると、この先にある広場はあきらめて引き返した方がいいだろうか？

このまま行くメリットは、冒険者に会ったら情報交換ができるかもしれないこと。私たちより先の階層にいたのだから、話を聞けるだけでも嬉しい。

ただ怖いのは、その冒険者がいい人とは限らないということだ。

もし私たちを見つけてカツアゲをしてきたり襲ってきたりしたら……と、ラウルの元パーティメンバーのことを考えてしまう。

私がうう～んと唸りつつ悩んでいると、ラウルが「行ってみるか」と言った。

「どんな奴がいるかわからないけど、このダンジョンは街から遠いだろ？　攻略してる冒険者は、普段からここで活動してる可能性が高い。だから、顔を合わせておくのはいいと思うんだ」

「なるほど……！」

さっきからラウルの言葉になるほどしか出てこない。

「まあ、キャンピングカーを見せるかどうかは会ってから判断の方がいいと思うけどな」

「近くまで行ったら、徒歩の方がよさそうだね」

「ああ」

ひとまずこのまま行くことになったので、私は広場の近くまでキャンピングカーを走らせた。

キャンピングカーをしまい、おはぎを肩に乗せ、ラウルを先頭にダンジョン内を歩いていく。

広場の手前に着いたら、まずはラウルが通路の壁に隠れつつ様子を見てくれた。

「ここのダンジョンでソロは結構珍しい……って、倒れてる⁉」

「え⁉」

ラウルが慌てて広場に入ったので、私も驚きつつそれに続く。もしかしたら、魔物にやられて逃げてきたのかもしれない。

そうだよ、ダンジョンだから逃げてくる人もいるんだ……‼

ポーションがあることを確認しつつ、急いで倒れている人のところへ行くと——見知った顔があった。

「ちょ、フィフィアさんだ‼」

「かなりの実力者だってのに……！　でも、ぱっと見た感じ怪我(けが)はしてなさそうだぞ？」

どうして倒れて――そう思った瞬間、きゅるるるる～とフィフィアのお腹(なか)が盛大な音を立てた。

予想外のことに、私とラウルはぱちくりと瞬きをして、顔を見合わせた。


「……ありがとうございます。まさか、ダンジョンでこんなに美味(おい)しいものを食べられるなんて」

目の前にいるフィフィアは深々と頭を下げて、私たちが用意したサンドイッチとスープをぺろりと平らげた。


彼女はフルリア村付近に出たリーフゴブリン討伐のとき、お世話になったソロの冒険者だ。

薄い水色のポニーテールに、凜々(りり)しい顔立ち。緑色の瞳はエルフの彼女と親和性が高いように思う。

小柄な彼女だけれど、高ランク冒険者として活躍している。


何度もお礼を告げるフィフィアに、私は「気にしないでください」と笑う。

「でも、怪我がなくてよかったです」

「とはいえ、食べ物が尽きてしまってはどうしようもないです……。私は料理が苦手なので、野宿するときの食料配分が上手くできなくて」

お恥ずかしいですと、フィフィアが手で顔を隠す。

それにフォローを入れてくれたのは、ラウルだ。

「ダンジョンに潜ったときの食料配分は、かなり難しいですよね。不測の事態にも備えなきゃいけないので、思うようにいかないことの方が多いです」

「そう言ってもらえると助かります」

苦笑するフィフィアに、私はそうだったと改めてフルリア村でのお礼を告げた。

「フルリア村のときはありがとうございました。その後、冒険者ギルドにも行きました」

「そうでしたか。よかったです」

ラウルの元パーティメンバーを冒険者ギルドに引き渡してくれたのが、フィフィアなのだ。私たちは元パーティメンバーの罰金を受け取ることができた。

暗い話題を続けるのもよくないと思い、私は今後のことをフィフィアに伝える。

「私たちはここで休憩したあと、迷宮都市に戻る予定なんです。よかったらこのまま乗って行きませんか？」

「え、いいんですか？　私は助かりますが……」

「もちろんです。ね、ラウル、おはぎ」

「ああ、問題ない」

『にゃう』

二人も快諾してくれた。

さすがに食料の尽きたフィフィアを置いていくわけにはいかないからね。私はほっと胸を撫で下ろした。


さて、迷宮都市に戻る――その前にすることがあります。

「よし、お風呂に入ろう!!」

待ってましたお風呂の時間。

私のテンションが一気に上がると、フィフィアは頭の上でクエスチョンマークを浮かべた。

「だったら、その間に俺が飯を作っとくよ」

「え、いいの?」

「といっても、さっきと同じサンドイッチとスープだけど。あとはおはぎの鶏肉だな」

「十分だよ、ありがとう……!!」

ラウルに感謝!

あとは――と、私はフィフィアを見る。

「フィフィアさんも一緒に入りましょうか」

「……え?」

「ダンジョンは汗だくになるだろうし、お風呂に入りながら服も洗濯しちゃえばいいですよ。替えがないなら、私の部屋着を貸してあげますから」

「ごゆっくり~」

ラウルに見送られながら、私はおはぎを肩に乗せたまま、フィフィアを引きずるようにしてお風呂に向かった。

「えええええ、何ここ‼」

私に服をはぎ取られるようにして浴室に入ったフィフィアが、驚きに目を見開いている。

「前に乗せてもらったときから思ってたけど、ミザリーのスキルは規格外すぎよ……」

「大当たりスキルだと思ってる」

『にゃう』

真面目な顔でそう言うと、「その通りよ」とフィフィアが笑った。

湯船につかる前に、トットの街で購入した石鹸(せっけん)を泡立てて体を洗っていく。運転ばかりで汗はそんなにかいていないけれど、やはり気持ちがいい。

フィフィアの背中を洗ってあげながら、髪の毛がとっても綺麗(きれい)なことに気づく。サラサラで、ダンジョンで戦っている女性の髪には見えない。

どちらかというと、貴族の令嬢のようだ。

「フィフィアさんの髪、すごく綺麗ですね」

「――！　ありがとう。その、フィフィアでいいわ。喋(しゃべ)り方も、気にしないでくれると嬉しい」

「そう？　じゃあ、お言葉に甘えて。フィフィアの髪、サラサラで触り心地もいい！」

はしゃいでみせると、フィフィアは恥ずかしそうにしつつも嬉しそうだ。

私の髪は比較的クセが少ないので手入れはしやすいけれど、やっぱり貴族時代に比べたら傷んでしまった。

　ボブにしたから、手入れはそんなに大変じゃないけど……。

　洗い終わった背中を流して、おはぎの体をささっと洗い、私たちは念願の湯船につかった。


「んんん～、気持ちいい！」

「このまま寝てしまいたいくらい、気持ちいい……」

『にゃう～』

　フィフィアの寝たい発言に「わかる」と頷いて、私は気になっていたことを聞いてみる。

「精霊のダンジョンはよく来てるの？」

「ええ。私はこのダンジョンを攻略したいと思ってるの。だから何度も潜ってるんだけど、まだまだ先が見えなくて……」

「かなり深いの？」

　私の問いに、フィフィアが頷く。

「今は、五層くらいまで攻略したんだけど……その先が難しくて。六層に下りる階段前に広場があるから、このダンジョンを攻略してる人はそこをキャンプ地にしてるの」

「五層……！」

　ここは二層なので、まだまだ先だ。

「人が少ないって聞いてたけど、結構人気なんだね」

「そうね。人が少ない分、真面目に攻略したいと思っている人がいる印象かしら」

「それって、珍しいの？」

ダンジョンはお金稼ぎに行くところだと思っていたので、攻略組は珍しく感じてしまう。

「冒険者は自分の実力にあった階層で魔物を倒してお金を稼ぐから、攻略したいと思っている人の方が少ないわね」

「じゃあ、攻略組の目的はお金稼ぎじゃないってこと？」

私が聞くと、フィフィアは「それは違うわ」と首を振った。

「もちろん、お金稼ぎが目的じゃない人もなかにはいるわ。名誉を得たいとか、達成感を得たいとかね。でも、攻略するということは、まだ見ぬ宝を発見する可能性があるということなの」

「あ……堅実に稼ぐより、一獲千金（いっかくせんきん）を目指すタイプだ！」

「そうね」

フィフィアはクスクス笑いながらも頷いた。

「一獲千金って聞くと、真面目に攻略っていうのも不思議だけどね。ミザリーたちも攻略を目指してるの？」

フィフィアの問いかけに、私は頷く。

「私たちは、エリクサーを探してるんだ。ここにあるかはわからないけど、私のスキルが目立っちゃうから……今回は人の少なそうなダンジョンを選んだの」

「……確かにこのスキルは目立つわね」

私たちがこのダンジョンを選んだ理由に、フィフィアが納得している。

「でも、確かにここならエリクサーがあるかも」

「本当⁉」

あるかもしれないという言葉に私が勢いよく反応したせいで、お風呂のお湯が跳ねてフィフィアの顔にかかってしまった。

「わっ、ごめん！」

「大丈夫よ」

フィフィアが手で顔を拭い、髪をかきあげて笑う。

「あ、でも……エリクサーがある確証はないのよ？　そうかも、っていうだけだから……」

それでも、ベテラン冒険者がそう言ってくれるのは期待が持てる。早くエリクサーを見つけて、ラウルの腕を治してあげたい。

「フィフィアはなんでこのダンジョンにしたの？　来るのが大変でしょう？」

「私はエルフでしょう？　だから、精霊に会いたくてこのダンジョンを選んだの」

「えっ、精霊がいるの⁉」

突然の精霊という単語の出現に、私は驚く。

するとフィフィアは「知らなかったの？」と逆に驚いた。

「精霊のダンジョン、っていう名前がついてるじゃない」

「え？　だからって、精霊がいるとは思わなかったから……」

私が正直に思っていたことを告げると、フィフィアは若干の呆れ顔でダンジョンについての説明をしてくれた。

曰く、ダンジョンとは家のようなもの。

ここが『精霊のダンジョン』だというのは、出現したときから決まっていた名前だそうだ。

ダンジョンの前にある像と、彫られたダンジョンの名前はダンジョンと一緒に出現するという。

それがダンジョンの目印になる。

そのため、このダンジョンの奥には精霊がいて、魔物がその精霊を守っている――そう考えられているのだという。

ダンジョンが攻略され、主――このダンジョンでいうと精霊が倒されてしまった場合、ダンジョンの名前がなくなるのだという。

……つまり、私が最初に入った洞窟ダンジョンがそれに該当するっていうことだ。


「なるほど、為になります……。教えてくれてありがとう」

「どういたしまして」

でもそうか、精霊がいるのか。

会ってみたいと思いつつ、フィフィアですら難航しているダンジョンを攻略なんてできるのだろうか……とも思う。

「ちなみに、フィフィアは精霊に会ってどうするの？」

「私は……エルフの村に聖樹がほしいの。その苗がほしいって、交渉するつもりよ」

「聖樹を？　すごい、聖樹の苗がもらえたらいいね。私も応援する！」

「ありがとう」

聖樹はこの世界のシンボルのようなもので、確かゲーム時代のお伽噺（とぎばなし）か何かで出てきたはずだ。

どんなものか詳細はわからないけれど、エルフの村ならピッタリ合うだろうと思う。

「だから私は、どうしてもこのダンジョンを攻略して精霊に会い――……」

「うんうん、って、フィフィア？　ぎゃんっ！　顔真っ赤！　のぼせたんだ!!」

『にゃうう』

私たちはお喋りに夢中になりすぎてしまったらしい。

慌ててふらつくフィフィアを支えてお風呂からあがり、私の部屋で休ませた。


は～～、やってしまった。

私はお風呂に慣れていたけれど、フィフィアはあまり慣れていなかったからかのぼせてしまったみたいだ。

冷蔵庫で冷やしたお水を飲ませ、うちわ……はなかったので、タオルであおいであげる。

私の部屋はベッドがないので、前に購入した布団を敷いてそこに寝転んでいる。迷宮都市に戻ったら、ベッドフレームなども購入予定だ。

「ごめんね、フィフィア……。私がもっと気をつければよかった」

「いや、ミザリーのせいじゃない。私も話し込んでしまったし、久しぶりのお風呂が気持ちよかったから」

「フィフィア……」

逆に気遣われてしまった。

「でも、フィフィアはお風呂が初めてじゃなかったんだね。なら、あんなに驚かなくてもよかったのに」

「あれを一般的なお風呂と一緒にしないで」

「……ハイ」

一蹴されてしまったでござる。

今はラウルが初お風呂に入ってるんだけど、のぼせたフィフィアを心配しつつも「そんなに恐ろしいものなのか……」と震えていた。

「私は少し横になっていれば大丈夫だから、ミザリーも食事をしてきて?」

「でも……」

さすがに心配なので、もうしばらくついていようと思ったのだけど……何度も「大丈夫!」と言われてしまう。

「あと、たぶん疲れも溜まってたんだと思う。少し寝てもいいかしら」

「もちろん」

ダンジョンからの帰り道に空腹で倒れていたのだから、疲れが溜まっているに決まっている。

……もっと早く休んでもらえばよかった!!

「寝るなら一人の方が気楽だね。じゃあ、私は向こうにいるから……何かあれば遠慮なく呼んでね？」

「ええ。ありがとう」

念のため冷たいお水を追加してから、私は部屋を後にした。


「さて、ラウルがお風呂を堪能してる間にご飯にしますか」

私たちがお風呂に入っている間に、ラウルが用意してくれていたものをテーブルに運ぶ。鶏肉と野菜のサンドイッチに、豆類がたくさん入ったスープ。

おはぎの分は愛用のお皿に入れてあげて、いただきます。

「ん～、美味しい！」

『にゃうにゃうっ！』

たまらなく美味しいようで、おはぎのおしゃべりも止まらない。

あっという間に平らげて、私は「よしっ！」と気合を入れる。というのも、今のうちに少しは地上に向けて走らせてしまおうと思うのだ。

ここは三層に続く階段があるので、いつほかの人が戻ってくるかわからない。それならば、少し移動した方がいいと考えたのだ。

……もしかしたら、悪い人間がいるかもしれないからね。念のためだ。

居住スペースに誰かがいても問題なく運転できるというのは、ありがたいね。

……大丈夫、いつも以上に安全運転を心がけますから‼

キャンピングカー間取り

Lv12
キャブコン
バージョン

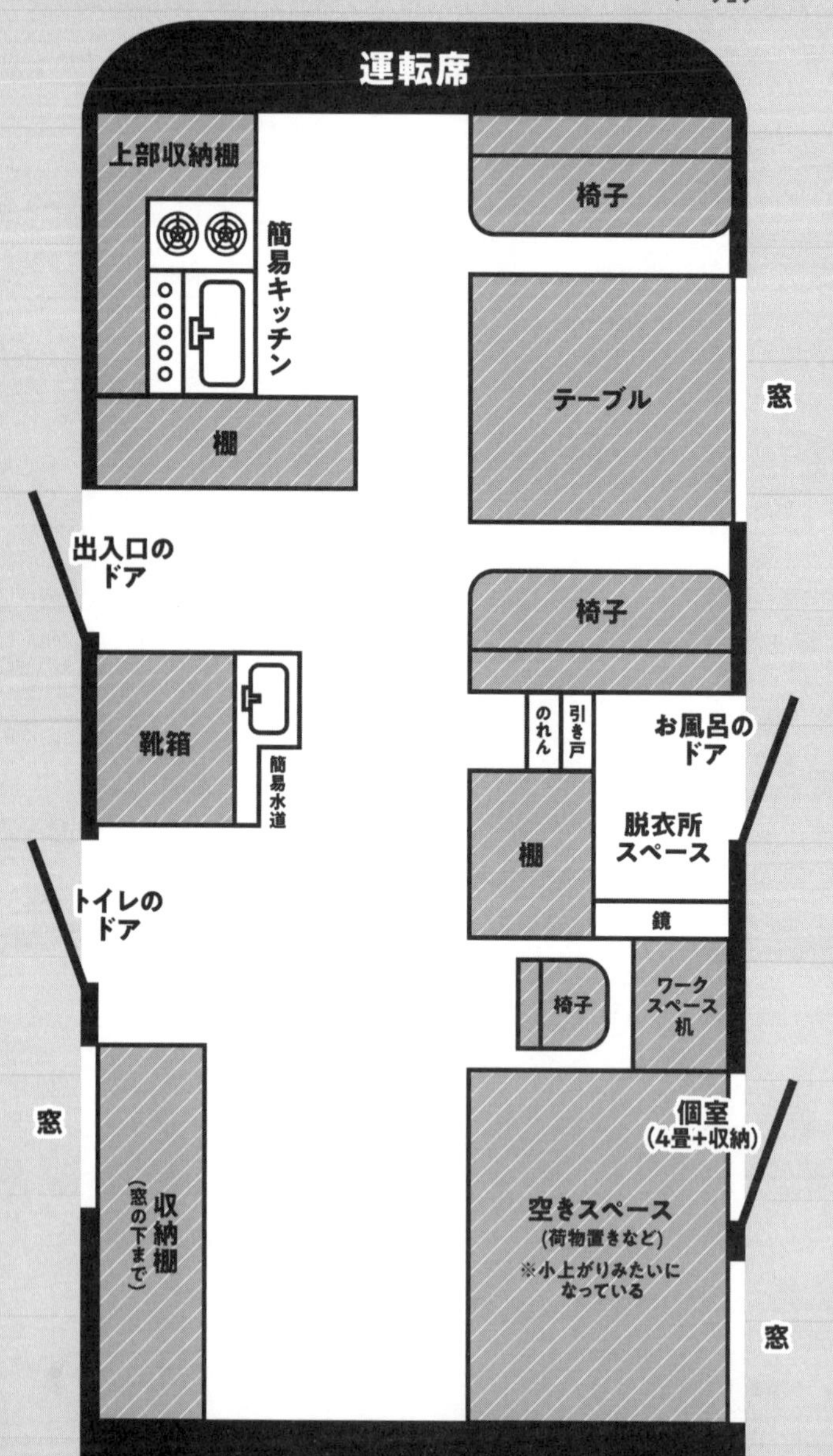

新たな焚き火　～エルフの花のべっこう飴～

インパネから《ピロン♪》と音が鳴り、レベルアップを知らせてきたのは丁度ダンジョンから出た辺りでのことだった。

「うわ、もうレベル上がったんだ！」

地上に戻るためにキャンピングカーを走らせ、魔物を倒しまくったのがよかったのだろう。

私はさっそくインパネでレベルアップの内容を確認する。

《レベルアップしました！　現在レベル13》
レベル13　ウォークインクローゼット設置

「……まさかここにきて収納!!」

ウォークインクローゼットは、主に衣類を収納するための部屋だ。大きさは一畳～三畳くらいが一般的だろうか。

……どこかに部屋が足された感じなのかな？

私がそわそわしていると、「ドアが増えたー!!」と叫ぶラウルの声が聞こえてきた。やはり一室増えたみたいだ。

急いでキャンピングカーを停めて、居住スペースに向かう。ラウルの声で起きたのか、フィフィアも一緒だ。

「あ、ミザリー！　なんかドアが増えたぞ⁉」

「どういうこと？」

『にゃにゃっ』

驚くラウルとフィフィアの横を通って、おはぎが私の肩にぴょんと飛び乗ってきた。頭を撫でてあげつつ、私は「レベルアップしたんだ」と告げる。

「あ、ちょっと揺れると思ったら運転してたのか」

「スキルレベルが上がったのね？　おめでとう」

「ありがとう」

一声かけれたらよかったんだけど、フィフィアは寝てしまっていたし、ラウルはお風呂だったからね。

私がそう説明すると、二人は「なるほど」と頷いた。

「どこまで戻ってきたんだ？」

「今、ちょうどダンジョンを出たところだよ」

「え、もう……？」

ラウルに現在地を説明すると、横で聞いていたフィフィアがあまりの速さに驚いている。

「とりあえず、まずはこの部屋を見ていい？　気になっちゃって！　ウォークインクローゼットになってるはずなんだよね」

「「うぉーくいんくろーぜっと？」」

聞き覚えのないらしい単語に、ラウルとフィフィアが首を傾げた。

衣類を収納する部屋という説明すると、フィフィアはすぐ「衣装部屋ね」と納得してくれたが、ラウルはぽかんとしている。

わかる、庶民にはなかなか縁のない部屋だよね。特に独り身だと……。

でも、普通はキャンピングカーにウォークインクローゼットなんてついてないよね？　便利でいいけれど、実際のキャンピングカーとかけ離れて快適になってきている。

「ということで、新しい部屋のお披露目です。じゃ～ん！」

私もまだ中を見てはいないけど、盛大にドアを開けた。

「「おお～！」」

『にゃう～』

ラウル、おはぎ、フィフィアの声が揃ったのを聞いて、全員で中に入る。

ウォークインクローゼットは、二畳ほどの広さだった。

あまり広くはないけれど、棚が作りつけられていて、ハンガーパイプも設置されている。ありがたいことに、丈の長い衣類がかけられるスペースも用意してあった。

私とラウルの二人で使っても、だいぶ余裕がありそうだ。

「ちょっと狭いけど、そもそも服をそんなに持ってないから十分かな?」

「俺も数着くらいしかないな」

「だよねぇ」

私も冒険時に着る服と、ちょっとしたお洒落着、あとはゆったりできるパジャマ兼部屋着があるくらいだ。

ダンジョンでいっぱい稼いだら、また新しい服を買おう!

「衣装部屋までできるなんて、ミザリーのスキルは本当にすごいわ。もう、家を持ってダンジョン攻略するのと変わらないわね」

フィフィアがそう言うと、横でラウルが大きく頷く。

「もうキャンピングカーなしの生活なんて、想像できなくなり始めてるよ……」

「その気持ち、すごくわかるわ……」

元の生活に戻れって言われたら泣くかも……なんてラウルが言っている。あはは、大袈裟なんだから。

「いつまでだって、いてくれて大丈夫だよ」

私が笑いながらそう言えば、ラウルは「お、おう」と上ずったような返事をした。その顔がちょっと照れているように見えたのは、私の都合のいい勘違いかもしれない。

私たちは、迷宮都市に帰る途中で一泊することにした。いつも通りの車中泊だ。

とはいっても、ご飯はさっき食べたのでお腹はあまり空いていない。

「あ、そうだ。せっかくだからお菓子っぽいものを作ろうかな？」

私は一人キャンピングカーの外に出て、ぐぐ～っと伸びをする。日はすっかり落ちて、もう夜だ。

「これは焚き火タイムでもあるんじゃない……!?」

焚き火ができそうな隙は一瞬たりとも逃さないよ！

にやりとして、さて今日はどんな焚き火にしようかな？　購入した焚き火台を使うのもいいけど、ここなら直に焚き火をすることもできる。

ん～、考えただけでも楽しそうだね。

すると、私の視界にとあるものが入った。

あれを使えば、新しい焚き火を試すことができるのでは？　と、ワクワクした気持ちになる。以前、動画で見てやってみたいと思っていたものだ。

「この丸太……！」

私は落ちていた丸太を手にし、軽く叩いてみる。軽い音がして、よく乾燥していることがわかる。

燃やすのに持ってこいだろう。

キャンピングカーの近くまで転がしてきて、やり方を思い出していく。

「確か丸太に穴を開けて、そこに火をつけて燃やす……んだよね？」

丸太の上で料理ができる、自立型の焚き火ができるというわけだ。丸太の焚き火なんて、想像しただけでテンションが上がる。

しかしそこではたとする。

「………どうやって穴を開けたらいいんだろう？」

これは盲点だった。

動画では、何かしらの道具を使って開けていた。それか、丸太の上部を切り取ってくぼみを作っていたものもあった。

「うーん……」

私が悩んでいると、「どうしたの？」とフィフィアがキャンピングカーから降りてきた。

「実は焚き火をしようと思ったんだけど、うまくできなくて」

「……それを薪にするには、ちょっと大きすぎるんじゃない？」

「あ、いや、そうじゃなくて!!」

どんな焚き火にしたいのかを、必死にフィフィアに説明する。すると、「そういうことね」とわかってくれた。

「薪を使って普通に焚き火をした方が楽なのに、ミザリーは不思議なことをするのね」

「あはは……」

この世界では、焚き火にこだわる人は少数派のようだ。

わかってはいたけど、ちょっと残念ではあるね。

「でも、穴を開けるのはできると思うわ」

「本当⁉　お願いします……‼」

「任せて」

フィフィアは丸太の前でしゃがみ、手をかざした。すると、フィフィアのポニーテールが風にゆれて舞い上がる。

「――風よ！」

瞬間、突風のようなゴオオッという音がして、丸太の中が風の力で一気に削られていった。削られた木くずが、宙を舞う。

「すっご！」

私はただただ驚いてばかりで、魔法を使ってる姿に見惚(みと)れてしまった。

「こんな感じかしら？」

「――あ！　そう、こんな感じ。ありがとう、フィフィア！」

「どういたしまして」

丸太には、中央と側面に穴が開いている。中央の穴が一回り大きくて、そこから火をつける仕組みになっている。

満足げにしている私の横で、フィフィアは不思議そうだ。

「でも、これが焚き火になるの？」

「なる！　……はず」

「はずなの？」

「私も初めてなんだよ。人がやってるのを見たことはあるから、やり方はなんとなくわかるんだけど……」

何せ見たのが前世の動画なので、便利な道具うんぬんのところで大きな差が出ているに違いない。だからちゃんとできるか不安なのだ。

「誰だって初めてはあるものね。とりあえず、やってみましょう」

「うん」

丸太を削った木くずがちょうどよさそうなので、丸太の中に詰める。その上に細い木の枝をいくつか乗せれば、焚き火の形になった。

あとは、上手く火がつけば完成だ……！

私は用意してた二つの着火石を手にして、それをぶつける。こうすると火花を散らして、火をつけることができる……という魔導具だ。

すると、すぐ木くずに火がついてぼおっと燃えた。

「やった、成功だ！」

「思ってたよりもいい感じじゃない！」

しかし見ていると、あっという間に燃え尽きて火が消えてしまった。

「あああぁ、あ、ああ〜〜〜〜っ」

「うーん、ここで燃やし続けるのは結構大変そうね」

「そんな……」

動画ではあんなに上手くいっていたのにと、もう一度よく思い出して……ハッとする。

そういえば、動画では小さな燃料を使ってた!!

丸太を焚き火にしているくせに、科学の力を使っていたとはなんたることか。そんなの、燃料を持っていない私ではどうしようもない。

私があからさまにしょんぼりしてしまったからか、フィフィアが「大丈夫よ！」と元気づけてくれる。

「ミザリーはそこまで焚き火が好きだったのね。代わりになるかわからないけど、こういうのはどうかしら？」

そう言うと、フィフィアが小さな石を取り出した。キラキラ光っていて、石の中でコポコポ気泡のようなものが発生している。

魔導具のようだけれど、加工しているようには見えない。

「これはね、エルフの村で作っているものなの。これをここに入れて……っと」

フィフィアが丸太の穴に石を入れ、手をかざした。

「火の精霊サラマンダーよ、この精霊石を捧げます」

「え？」

すると、ボッと勢いよく石――精霊石が燃え始めた。

「え、え、え？　サラマンダー？　どういうこと⁉」

目の前で起こったことに、私は驚くばかりだ。

「エルフは昔、精霊と交流があった……と言われているの。今は会うようなことはないし、その話が事実だったかはわからないけど……こうして石という形で力を借りれるのよ」

「すごい……！」

だから精霊に苗木のことを頼もうとしているのかな？　私も精霊に会ってみたいという気持ちが大きくなった。

「この火はしばらく燃え続けるわよ」

「本当？　すごい！　精霊石って、簡単に手に入るものなの？」

可能であれば私も手に入れて、精霊に捧げて魔法を使ってみたい。ドキドキしながらフィフィアに聞いてみると、首を横に振った。

「残念だけど、無理なの。精霊石自体の数が多くないのもそうなんだけど、人間には力を貸してくれないと思う」

「エルフ限定ってこと⁉」

なんということか。

どうして悪役令嬢のキャラ設定をエルフにしなかったのかと、ゲームの開発陣に殺意が湧く。

「エルフが精霊石を使えるのは、精霊と交流していた祖先が精霊と契約か何かしたのではないか……って言われているわ」

「なるほど」

ということは、私もダンジョンの最奥で精霊と仲良くなればワンチャン精霊石を使えるようになるかもしれない……ってことだよね？

俄然やる気が湧いてきた……!!

「最奥の精霊さんに契約交渉をしてみる！」

「……そんな簡単なことじゃないとは思うけど、なんだかミザリーならできちゃいそうな気がするわね」

「えへへ」

交渉材料として、迷宮都市に戻ったらお菓子やお酒などの貢ぎ物も買っておこう。

「そういえば、この焚き火で何かするの？」

「あ、そうだった！　実はちょっとしたお菓子を作ろうと思って」

「お菓子を……？　焚き火で……？」

フィフィアが信じられない……という目で私のことを見ている。

まあ、どこの世界でも焚き火でお菓子を作ろうという人はそうそういないよね……。

「必要な材料は、なんと砂糖と水だけ！」

「え!?　それでお菓子が作れるわけないでしょ？　ミザリー、教えてくれた人に騙されたんじゃない？　ほら、ミザリーは人がいいから……」

「違うよ！　作るのは飴だから、クッキーみたいな材料が必要ないだけ」

私が理由を説明すると、フィフィアはあからさまにほっとした。私って、そんなに騙されそうに見えるかな？

……まあ、お人好しではあるかもしれないけれど。

「砂糖と水だけでも作れるんだけど、ハーブとかを入れてもいいんだよね。というわけで、これを入れます！」

「それって、どこにでも生えてる小花よね？」

「うん」

これは先日、私が早朝散歩のときに摘んだ小花だ。ラウルに見せたら、蜜がちょっとだけ入ってる花で、子供がおやつ代わりに口にするのだと教えてもらった。

これを飴の中に入れたら、見た目がとっても可愛くなると思う。

「花を入れるなんて、可愛いわね。なら、この花も使えるかしら？」

そう言って、フィフィアが鞄から白からピンクのグラデーションになっている花を取り出した。

花びらの先が丸くなっていて、前世で見たレウィシアに似ている品種だ。

「可愛い花！　でも、これって食べられるの？」

「食べれるわよ。エルフの花っていう名前で……蜜が多いんだけど、花びらもほんのり甘いの。料理のちょっとしたアクセントに使うこともあるわ」

「へえぇ！」

サラダやデザートに添えると、料理が引き立っていいなと思う。

「じゃあ、三つもらってもいい？」

「もちろん」

「ありがとう！」

私はキャンピングカーからささっと必要な道具と砂糖と水を持ってくる。気になったらしいラウルとおはぎもついてきて、飴づくりを始めた。


作り方は簡単。

お玉の中に水を大さじの半分ほど入れ、そこに砂糖を大さじ三くらい加える。そしてそのまま丸太焚き火にかける。

そうしたら黄金色に色づいてくるので、お玉を火の上から下ろし、包み葉の上に流す。すぐに固まってくるので、その前に私が摘んだ小花を散らし、中心にエルフの花を乗せる。

「ん！　エルフの花のべっこう飴、完成～！」

「え、もうできたのか⁉」

「あっという間じゃない……。ミザリーは本当に料理が上手いのね」

フィフィアが「綺麗ね」とべっこう飴の見た目も褒めてくれる。

透明の黄金色に、フィフィアからもらった花がよく映える。私が摘んでいた小花もアクセントになり、とっても華やかな一品ができあがった。

「美味しくできてるといいんだけど」

べっこう飴を作るのは初めてで、味見をするタイミングもなかったので一番に口に入れる。

「……っ!!」

「あ、先に食って――って、どうしたんだ？　ミザリー」

私が黙ってしまったからか、ラウルが窺うようにこちらを見てくる。私は満面の笑顔で、にやけるのを止められない。

「すっごく美味しい！　砂糖の甘さだけじゃなくて、花を入れたのもよかったと思う。見た目も可愛いし、最高……!!」

「なんだよ、驚かせて！　俺も――甘くてうまっ！」

「ん～、これは確かに美味しいわね」

ラウルとフィフィアも気に入ったのか、にこにこ笑顔で食べてくれている。上手に作れてよかった。ほっ。

『にゃう……』

「あ……」

一人もらえないおはぎが、切なそうな声をあげた。

「ごめんね、おはぎ。これは食べられないんだよ～」

申し訳なさで心が痛い。

だけど猫のおはぎには、こんな砂糖ばかり使った飴をあげるわけにはいかない。

こんなになんでも食べるのは、人間だけなんだ。食い意地の張っている種族でごめんね……。

すると、ラウルがふっふっふっと笑った。

「こんなこともあろうかと思って、おはぎ用に冷蔵庫から鶏肉をひとかけ持ってきたぞ！」

「うわあああ、ナイスだよラウル！　ありがとう」

『みゃあぁぁんっ！』

おはぎも嬉しかったようで、ラウルの持つ鶏肉に跳びかかった。

「うおっ！　落ち着け、おはぎ！　鶏肉は逃げないから!!」

「鶏肉を前にしたおはぎは無敵だからね」

襲いかかられているラウルを見て、私とフィフィアは一緒に笑う。

おはぎの食欲は無限大だ……！

キャンピングカー間取り

Lv13
キャブコンバージョン

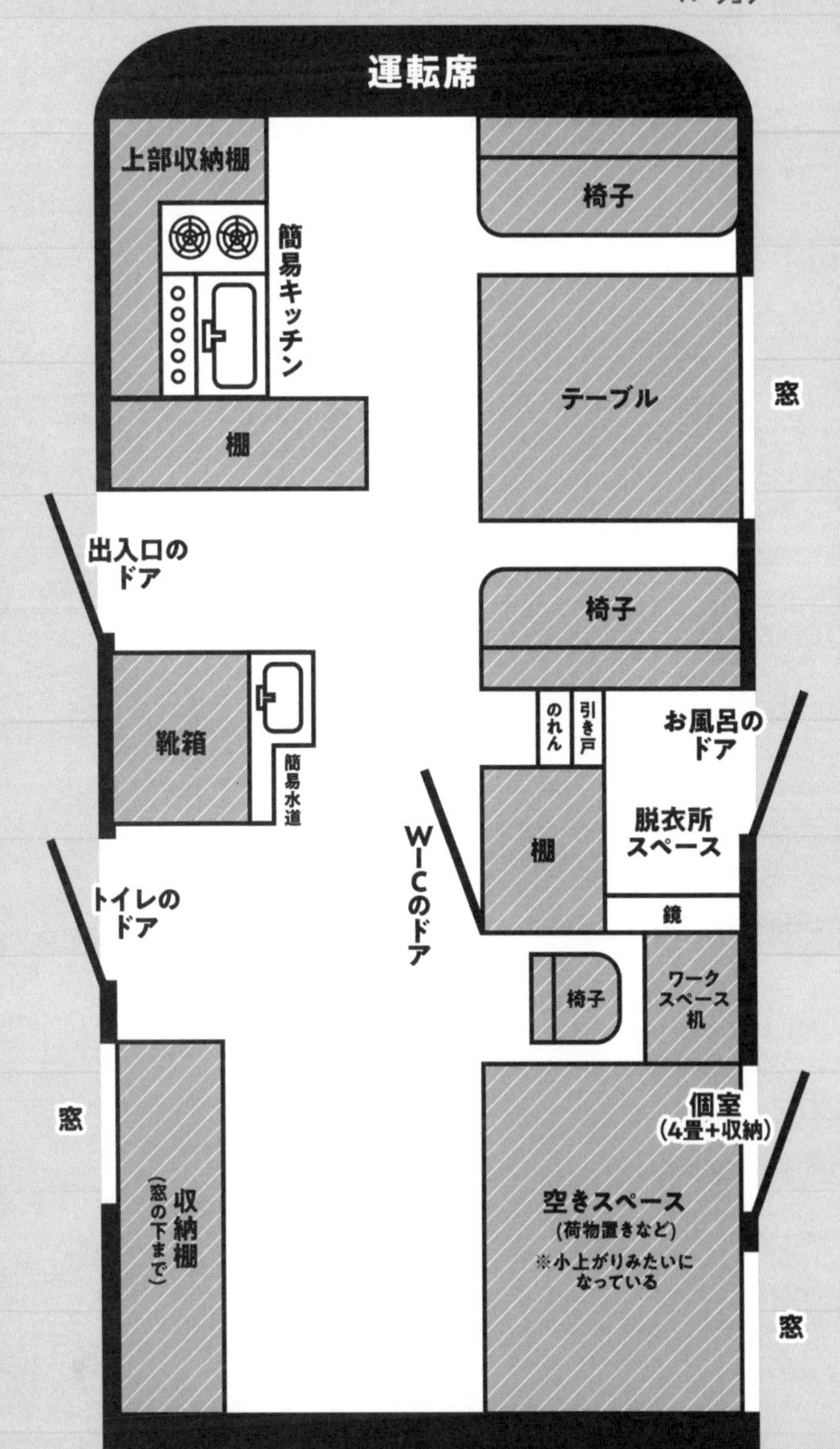

楽しいパーティ生活

「すごい、こんなにゴブリンとウルフを討伐してきたんですか⁉」

「……はい！」

迷宮都市に戻ってきた私たちは、まず冒険者ギルドにやってきた。

フィフィアも自分の依頼の処理などがあるため、ギルド内にはいるけれど別の受付で対応してもらっている。

ギルドに来た目的は、受けていた討伐依頼の報告だ。

今回は倒した数がギルドカードでカウントされていて、討伐した分だけ報酬がもらえることになっている。

受付嬢はごくりと息を呑み、「ゴブリン六三匹、ウルフ四七匹です！」と結果を教えてくれた。

……最後はキャンピングカーで爆走していたから、いい数になったね。

「ゴブリンの討伐報酬は一匹八〇〇ルク、ウルフの討伐報酬は一匹一〇〇〇ルクです。合わせて、九万七四〇〇ルクです」

「おおおっ、すごい！」

すぐにお金が用意されて、私は内心ホクホクだ。

これで自室に置くベッドフレームを購入できるし、保存食も多めに買えそう。あとは生活用品も少しずつ充実させていきたいね。

キャンピングカーが進化していってくれているので、やりたいことがいっぱいだ。

「でも、この短期間でよくこれだけ倒せましたね」

「私は移動系の固有スキルを持ってるので……」

「なるほど、それでこんなに移動が速かったんですね。精霊のダンジョンは、遠いのが不人気の理由ですから……」

精霊のダンジョンの討伐依頼を受けてもらえるのは助かるのだと、受付嬢が微笑む。

「そうそう、今回の実績でミザリーさんの冒険者ランクが上がりました」

「本当ですか？　嬉しいです！」

私はFランクだったので、Eランクにアップだ。

「おめでとう、ミザリー」

『にゃあん』

「ありがとう、二人とも」

冒険者ギルドでは、自分のランクの一つ上のランクの依頼を受けることができる。

ただ、私の場合はパーティにCランクのラウルがいる。そのため、パーティとしてはCランクの依頼まで受けることができるのだ。

ラウルが一人で依頼を受ける場合は、Bランクの依頼まで受けることができる。

……うう、私がラウルの足を引っ張っちゃってるね。

精霊のダンジョンをもっと攻略して、もりもりランクを上げていこう！

「今日は別の依頼も受けていきますか？　精霊のダンジョンに出てくる魔物、全種類の依頼を受けても大丈夫ですよ」

「え、そんなにいいんですか？」

「もちろんです。あ、でも……ランク制限があるので、それだけは注意してくださいね」

私は頷いて、ひとまずCランクで受けられる依頼をすべて受けることにした。ラウルも、「キャンピングカーもあるしな」と言って頷いている。

「では、ゴブリンとウルフの討伐は引き続き受注ですね。新しい討伐対象の魔物は、ゴブリンメイジ、ゴブリンライダー、ハイゴブリン、ハイゴブリンメイジ、ハイゴブリンライダー、オークです。五層にいるティアーズゴーレムはBランクから受けられる依頼なので、今回はありません。危険なので、気をつけてくださいね」

「はい。それにしても、ゴブリン祭りですね……」

「そうですね。ですが、ゴブリンは繁殖力が強いので、可能な限り討伐してほしいんです。もしスタンピードが起きて、ダンジョンの外に流れてきたら大変ですから……」

「……はい」

受付嬢の言葉にぞっとしたものを感じて、私はしっかり頷く。

スタンピードとは、ダンジョンの中の魔物が溢れて外に出てきてしまうこと。もし起こった場合は、ダンジョン内にいるほとんどすべての魔物が出てくるといわれている。そのため、冒険者ギルドでは常時討伐依頼を出しているのだ。

……ゴブリンがダンジョンから溢れ出てきたら、まったくもって笑えないよ！

冒険者からすればゴブリンは雑魚の部類に入るけれど、一般人からすれば脅威になる。私だって、戦う前は怖くて仕方がなかったからね。

「んじゃ、俺たちが受ける依頼はこれでオッケーだな。次は買い物か？」

「うん。あ、その前に……フィフィアのことで相談」

私たちは受付嬢にお礼を言って、自由に使える休憩スペースで話をすることにした。

休憩スペースに座り、私はさっそく本題を切り出した。

「フィフィアも精霊のダンジョンを攻略してるみたいだから、臨時でパーティを組んでみてもいいんじゃないかって思ったんだ」

「俺は問題ないけど、フィフィアはＢランクで、しかもソロの冒険者だ。自由に動きたいかもしれないぞ？」

「あ、そうか……」

私はエルフや精霊のことを知れたら嬉しいし、フィフィアも移動手段でキャンピングカーに乗れたら楽なのでは？　と安易に考えてしまった。

だけど、そうだよね……敢えてソロでやっているかもしれないのに、パーティに誘われたら迷惑かもしれない。そのことへ思い至らなかったことに、自己嫌悪だ。

私が机に突っ伏すと、ラウルは笑う。

「別に、聞くくらいは大丈夫だろ。まずはフィフィアに声をかけてみて、無理なら今まで通り俺たちだけで攻略すればいいいさ」

「そっか、聞くだけならタダだもんね」

そう考えると気持ちが軽くなって、私はフィフィアに聞いた精霊ダンジョンのことを話す。もしかしたら、ダンジョンの最奥に精霊がいるかもしれないのだ……！

「ああ、確かに！　ダンジョンの名前はできたときに決まってるもんな。俺も精霊がいるなら会ってみたいな」

「だよね」

ラウルのためのエリクサーを探しつつ、精霊に会えたらラッキーだ。

『にゃうっ』

「ん？　どうしたの、おはぎ」

私の膝に座っていたおはぎが、ふいに私の体に前脚を置く形で立ちあがった。すると、フィフィアが「終わったわ」と言ってこちらに来るところだった。

おはぎはフィフィアが来たことを教えてくれたらしい。とてもいい子なので頭を撫でると、ゴロゴロ喉を鳴らしてくれた。かわゆい。

「お疲れ、フィフィア」

「二人もお疲れ様。ミザリーたちは次の依頼を受けてきたの？」

フィフィアの問いかけに、私たちは頷く。

「ああ。出てる討伐依頼を、ティアーズゴーレム以外全部受けてきた」

「バッチリだよ！」

「ミザリーのスキルを考えると、それがいいわね」

力強く頷かれてしまった。

「フィフィアも同じ？」

私がそう尋ねると、「それもあるけど……」とフィフィアは受けた依頼のことを教えてくれた。

「調査依頼も受けてるの。私の攻略が終わった部分だけだけど、精霊のダンジョンの情報を報告してるわ」

「討伐以外も受けてるんだね」

なんだか、優秀な冒険者という感じだ。

討伐依頼を受けている私の数倍、できる冒険者感がする。

「とりあえず、フィフィアも次の依頼は精霊のダンジョンなんだよね？」

「ええ、そうよ。それで——恥を忍んでお願いがあるのだけれど、私をミザリーたちのパーティに同行させてもらうことはできないかしら？」

「――！」

まさに私が提案しようと思っていたことを、先に提案されてしまった。私とラウルは驚いて、顔を見合わせる。

「実は、ラウルともその話をしてたの。フィフィアに聞いた精霊の話も楽しかったし、一緒にダンジョン攻略できたらいいな……って」

「だけど俺たちはまだ冒険者ランクが低いから、足手まといになりそうで……」

「ミザリーのあのスキルとラウルの料理の腕で足手まといなんて、あり得ないわ」

「え、俺の料理の腕⁉　あんなの、最低限だぞ？」

ラウルが驚いて、「すごいのはミザリーだ！」とこっちを見てくる。

「いやいや、料理男子は貴重だと思うよ⁉　言ったらあれかもだけど、前のパーティメンバーだってラウルのご飯を褒めてたし！」

それに私もすごく助けてもらっているし、おはぎもご飯を作ってもらっている。ラウルはもっと料理の腕を誇っていいと思う！

ラウルのことを褒めると、「ならもっと頑張らないといけないな」なんてラウルが言う。あれ以上美味(おい)しいご飯になるなら、いくらでも褒めますが？

私たちがそんなやりとりをしていると、フィフィアが指をもじもじさせながらこちらに視線を送ってくる。

「――料理が苦手と言ったけど、実はほとんどできないの」

観念したかのように、フィフィアは顔を真っ赤にしてそう告げた。

「ほとんど？」

「……まったく」

私が聞き返したら、ほとんどはちょっと見栄を張ったと言われてしまった。本当は、本当の本当に料理ができないらしい。

……どうやら壊滅的に駄目みたいだね。

「食料管理うんぬんの前に、失敗して駄目にしちゃうことも多くて。だから、干し肉ばっかり持っていって齧ったりしてるんだけど……そうすると、どうしても後半は体調を崩しがちになっちゃって……」

「干し肉だけでダンジョン攻略は、ハードだね」

私だったら、そんな生活は耐えられないと思う。

いっそ泣きそうなフィフィアは、何度やっても料理だけは上手くならないのだと言う。

「まあ、誰しも向き不向きはあるからね。私は戦闘より料理したりキャンプしたりする方が好きだし。適性があるもんね」

「ミザリー……そう言ってもらえると嬉しいわ。前にパーティを組んでたときは、私の料理のできなさで仲違いしちゃったから」

「Ｏｈ……」

なんてこったい。

みんなでやるのもいいけれど、得意な人が担当するという役割分担はすごく大事なんだよ。でも、そうできない人も多いよね。

「料理は私とラウルが担当するから、大丈夫！」

「そうだな。得意分野を生かすのは大事だ」

「そうそう」

私とラウルはあっさり納得したので、パーティを組むことにした。


テッテレー！

フィフィアが仲間になった！

私たちは迷宮都市を出発する前に、買い物をした。
フィフィアがパーティに加わったので、私のベッドフレームは大きいサイズを用意した。
ラウルが簡易ベッドで寝るので、フィフィアは私の部屋で寝てもらうことにしたのだ。しばらくは女子部屋になる。
ほかに生活用品や、思い切って野外でも使えるテーブルなども見繕った。今回の依頼報酬がそこそこよかったので、ラウルにも少し負担してもらって購入したのだ。

DRE（ドリ）ノベルス

2024年2月の新刊 毎月10日頃発売

DRECOM MEDIA

「迷宮都市で一泊していくのかと思ったら、そのまますぐダンジョンに向かうのね」

「キャンピングカーの中で生活できるからね。と言えば聞こえはいいけど、宿代の節約」

今回の報酬はまあまあ使ってしまったので、ある程度貯金ができるまではキャンピングカー生活がメインかな。

……とはいえ、お金に余裕ができてもキャンピングカーで生活したいけども。

私たちは休憩をこまめにはさみつつ、精霊のダンジョンに戻ってきた。


一層は徒歩、二層はキャンピングカーで爆走し、やってきました三層。

「この階層から、滞在してるパーティがいると思う。とはいっても、私はある程度は顔見知りになってるし、変な冒険者はいないわよ」

「その情報、とっても助かる！」

キャンピングカー爆走に関しても、スキルだからフィフィア的には問題ないようだ。もちろん、対人事故を起こさないことが前提だけど。

「攻略してるパーティは、六層に続く階段前の広場をキャンプ地にしてるの。まずはそこを目指して、私たちも六層を攻略するのがいいと思う」

「ん、わかった」

スキルの有用性がわかったからには、戦闘で使わないわけにはいかない。

「ただ、キャンピングカーの外では注意が必要だな。何かあって攫われたら大変だ。しばらく俺から離れないようにしてほしい」

「――！　わかった」

キャンピングカーから降りた途端に無敵モードが終わってしまうので、ラウルの気遣いは純粋にありがたい。

「んでは、このまま進むよ！」

私が運転、ラウルが助手席、おはぎはその間。フィフィアは居住スペースから顔だけこちらを覗かせている。

アクセルを踏んで、ブロロロ……とキャンピングカーを走らせていく。道の幅は二層とほとんど同じなので、あまりスピードは出せない。

三層に出てくる魔物は、ゴブリン、ゴブリンメイジ、オークの三種類。

ゴブリンメイジはイメージできるが、オークはなんとなく体がすくむ。体格がいいと思うので、もしかしたらキャンピングカーでぶつかっても倒すことができないかもしれない。

「お、この先に魔物がいるな」

「……っ！　お、オークかな？」

「どうだろうな？　でも、可能性はある」

オークかもしれないと思うと、心臓がドッドッドッと加速する。

そんな変な緊張感を持っていたのだけれど、フィフィアの「なんで魔物がいるってわかるの?」という言葉にハッとした。

「ラウルのスキルなの？　気配察知、とか」

「これは私のスキルだよ」

私はインパネを指さして、表示されているダンジョン内の地図を説明する。

「青丸になっているのが主に魔物で、赤丸が人間なんだよ」

ちょうど、私たちの進行方向とは別の場所で赤丸が三つ見えた。おそらくパーティで攻略している冒険者だろう。

「もう驚くのはやめようと思ったのに。まさか魔物と人間の位置がわかるどころか、地図が……ダンジョン内の地図がこんな簡単にわかるなんてっ!!」

あまりにも衝撃だったのか、フィフィアの声がかなり大きくなった。

「私はあんなに苦労してマッピングしたのに、こんなに詳細な地図……」

「あー……なんかごめん」

「いや、別にミザリーが悪い訳じゃないわ。説明してくれてありがとう。先に進みましょう」

この話はここで終わりと、フィフィアが前を見るように言った。

緩やかな曲がり角の先から登場したのは、ゴブリン一匹とゴブリンメイジ二匹だった。

……ゴブリンメイジがちゃんと後衛列にいるのが、魔物なのになんともパーティっぽいね。

なんてことを思いつつ、私はぐっとアクセルを踏む。

「いくぞー!!」

「「おー！」」

『にゃ！』

キャンピングカーでゴブリンに突っ込み、そのままの勢いでゴブリンメイジにも突っ込んだ。結果、光の粒子になって消える。

「倒せた！　よかった!!」

「よっしゃ！　でもミザリー、感動してるとこ悪いけど……前方にオークがいる」

「なんですとっ!?」

減速したらまずい！　と本能的に感じ、私はそのままの勢いどころか、さらにアクセルを踏んだ。

「いっけえええぇぇ！」

ドゴンッ！

ものすごい音がして、オークが吹っ飛んで光の粒子になって消えた。

「え、倒せた？」

「倒せてる！　やったな、ミザリー！」

「オークを一撃なんて、すごいわ！」

『にゃあっ』

みんなが私を褒めてくれる。

うう、よかったよぉ。

……ちょっと怖くて半分涙目だったことは内緒だ。

「よし、これでもう怖いものなし！　どんどん進むよ!!」


ダンジョンの中をキャンピングカーで爆走した結果、あっという間に四層に続く階段の前に着いてしまった。

「早い、早すぎるわ……」

フィフィアが茫然としているところ申し訳ないが、私は階段を下りるためにキャンピングカーから降りた。

階段を下りながら、私はフィフィアに四層のことを尋ねる。

「次はどんな感じなの？」

「ああ、四層は……かなり地形がいびつなのよ。広いからキャンピングカーで走ることはできるけど、大岩がいくつかあるから高低差があるわ」

「走るだけ、っていうわけにはいかなさそうだね」

アスレチックみたいな感じかな？　なんてのんきに考えていると、四層に着いた。

四層は、天井部分につらら状の岩が垂れ下がっていて、地面の凹凸も多い地形だった。見通しがいい広い道だけれど、フィフィアの言った通り大きな岩も見える。

まるで鍾乳洞みたいだ。

キャンピングカーどころか、自分の体力と身体能力を試されるかもしれない……と、私は思わず息を呑んだ。


「これはなかなか険しそうだな」

ラウルが額に手を当てて、遠くを見ている。

どういうルートで進んでいくか考えてくれているのだろう。

「ひとまず、あの大岩まではキャンピングカーで行けそうだな」

「結構遠いね」

肉眼で見えるけれど、距離にすると数百メートルくらいはありそうだ。私は頷いて、キャンピングカーを召喚した。


出てくる魔物をキャンピングカーで倒し、大岩があったら降りて回り込んで歩き、そのタイミングでドロップアイテムを拾い……というのを繰り返していると、その瞬間が来た。

おなじみの《ピロン♪》というレベルアップの音に、全員が反応した。

「やった、スキルレベルアップ！」

「「おめでとう！」」

『にゃっ！』

「ありがとう～！」

さてさて、今度はどんなすごいレベルアップかな？　私はにやにやする顔をどうにかしつつ、インパネを操作して確認する。

《レベルアップしました！　現在レベル14》

レベル14　サイドオーニング追加

「むむっ、サイドオーニングの追加？」

あまり聞き慣れない言葉だ。

「『さいどおーにんぐ？』」

『にゃぁ？』

ラウルたちもわからないみたいだ。

「でも、どこかで聞いたような気がするんだよね……」

確か前世、動画で見たはずだ……と必死に記憶を掘り起こす。

「――あ、思い出した!!」

私はぽんと手を打った。

サイドオーニングとは、私がいつも使っているタープをキャンピングカーに搭載していると考えてもらったらわかりやすいかもしれない。

日よけ用の布として使われるのが一般的で、雨のときも重宝する。

ドアの上部に位置する屋根の端に、ロールアップで布が収納されているので、それを引き出し、端の部分にポールを立てて設置するのだ。

サイドオーニングがついているキャンピングカーは、いくつか動画で見たことがある。

小さくて簡易的なものから、台形のもの、もっと広い面をカバーできるものもあり、値段もお高めだと動画で言っていたのを覚えている。

……レベルが上がるだけで高価なオプションが無料でついちゃう私のキャンピングカー、控えめに言ってやばいのでは？

「さっそく確認したいんだけど、いいかな？」

「「もちろん」」

『にゃ！』

みんなが快諾してくれたので、私はキャンピングカーから降りた。

助手席側に回り、居住部分の入り口上部を見ると……何かが増えている！

「あれがサイドオーニングってやつか？」

「うん。あのバーみたいな筒の中に、丸まった状態の屋根が収納されてるんだよ。さっそく出してみたいけど……実際に設置したことはないんだよね」

動画で見たことはあるけれど、上手くできるだろうか？

「俺たちも手伝うから、どうにかしてやってみようぜ」

「そうよ。三人でやればなんとかなるわ」

「ありがとう、二人とも」

私はドキドキしつつも、設置してみることにした。


前世の動画を思い出し、いざ！

いつの間にか居住スペースに置いてあった付属のハンドルを手にして、私はサイドオーニングの右端を見る。

引っかけられる形になっているので、付属のハンドルで引っかけてくるくる回していく。すると、中からオーニングが出てくる。

「おお、なんか出てきた！」

「あれが屋根になるのね」

ラウルとフィフィアが感嘆の声をあげて感動している。

しかし私は二人と違い、記憶を引っ張り出すのに必死だ。

「一気に全部出すとオーニングの重みで壊れるらしいから、まずは手の届くくらいの高さまで出して……そのあと、オーニングの裏側に付いてる足を出すっていう手順のはず」

ハンドルをくるくる回して手の届くくらいの高さまでオーニングが出ると、ラウルとフィフィアが足の確認をしてくれた。

左右両方にあるので、ラウルとフィフィアでそれぞれ一本ずつ足を持ってくれる。

「すげえ、こんなところに足が隠してあるのか」

「うん。それを伸ばして、オーニングを支えながら出していくの」

私が説明をすると、「わかった！」とラウルたちが慎重に設置していってくれる。無事に足を伸ばすことができたので、オーニングを展開していく。

それを何度か繰り返すと、無事にオーニングを設置することができた！

「「やった〜！」」

『にゃ〜！』

手探り部分もあっての設置はかなり大変だったけれど、私たちは達成感に包まれた。


一番興味津々なのはラウルのようで、オーニングをまじまじ見つつ、触ったりしている。

「これ、かなり分厚い生地だよな？」

「それだけじゃないわよ。生地はしっとりした触り心地なのに光沢も少しあって、高級品だっていうことが一目でわかるわ。これを作るには、職人はもちろんだけど、材料も簡単に手に入るものじゃないわね……」

フィフィアも加わって、ラウルと一緒にオーニングのすごさを語っている。

「水にも強そうだな」

「ええ。この生地だけ手に入ったらいいのに……」

そう言って、二人がちらりと私を見てきた。

「ちょ！　駄目だよ！　これはキャンピングカーの大事な備品なんだから!!」

奪わせるわけにはいかない、そう思ってふんすと叫ぶと二人が慌てた。

「そんなことするわけないだろ！」

「もらおうなんて思ってないわよ！」

「本当にぃ……？」

私が訝しむ目を向けると、二人はコクコクと頷くのだった。


サイドオーニングを片付けてしばらく進むと、再び大岩が顔を見せた。

「また岩……！」

運転を中断させられるのは面倒だけれど、もう慣れたものだ。私たちはキャンピングカーを降りて、迂回しようとしたのだが……どうやら高低差がある場所のようだ。

二メートル弱ある石の壁を登って、先の道へ出る。

「って、次は下がるの!?」

岩を登った少し先は、今度は高低差が五メートルほどあった。しかも先に進む道が下がっているので、登りではなく下りだ。

「え、いつもどうやって通ってるの？」

フィフィアに助けを求めると、「こうやって進むの」と軽く飛び降りた。

崖下にある大岩を何個か経由すると、まるで階段を下りるような足取りで目的地に着いてしまった。さすがの身体能力だ。

「……って、私もやるの⁉　無理すぎる！」

「俺は片腕だから厳しいけど、行けなくはないかな？」

「さすが」

『にゃにゃ！』

私がどうしたものかと考えているうちに、おはぎが軽やかにジャンプして下りてしまった。さすがは猫、運動神経は抜群だ‼

「って、置いていかないでよ～！　おはぎ～！」

恐る恐る崖下を覗いていると、ラウルに名前を呼ばれた。

「こういうときこそ、キャンピングカーの出番じゃないか？」

「え⁉」

ラウルの提案に、私はさあっと顔が青くなる。

自動車が崖から転落して、乗っていた人が亡くなる事故は少なくない。ときおりニュースで聞くくらいには、死亡率が高い。

こんなところをキャンピングカーで落ちたら、自殺するようなものだよ……！

「駄目、キャンピングカーで落ちたら死んじゃう」

「そうじゃなくて！　さっきのサイドオーニングを出して、そこに飛び降りるんだよ」

「え……？」

まったく考えていなかったキャンピングカーの使用方法に、思わず目を瞬かせる。

確かにサイドオーニングは丈夫だったので、ある程度の重さであれば壊れることもない……と思う。

「早くしないと、魔物が出てくるかもしれないぞ」

「それは困る！　やったことはないけど、崖下にキャンピングカー召喚！」

すると、崖下にキャンピングカーが召喚された。

「私がサイドオーニングを設置すればいいのね。任せて！」

フィフィアが手際よくサイドオーニングを設置してくれた。もしかしてもしかしなくても、私より扱いが上手いかもしれない。

「よし、まずはあの岩に乗って、その次は少し低い岩。その後、サイドオーニング目がけて飛び降りればいけるはずだ」

ラウルが示してくれた道筋は、一回の高さが一メートルもない安全なルートだった。これなら、私でも下りることができそうだ。

慎重に足元を見ながらゆっくり飛び降りて、最後はサイドオーニングに向けてジャンプした。サイドオーニングは私の体を受け止めると少したわんだけれど、壊れたりすることはなかった。

「はあぁ、無事に下りれてよかった」

次にラウルも私と同じルートで下りてきたのだけれど、二倍速くらいのスピードだった。

フィフィア、ラウル、おはぎの格好良い身のこなしを見て、私もこっそり特訓したいな……と思いながら、再び先へ進んだ。

キャンピングカー間取り

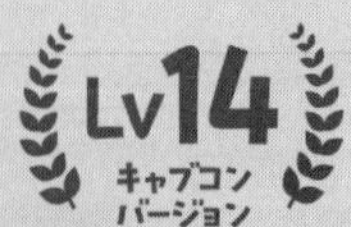

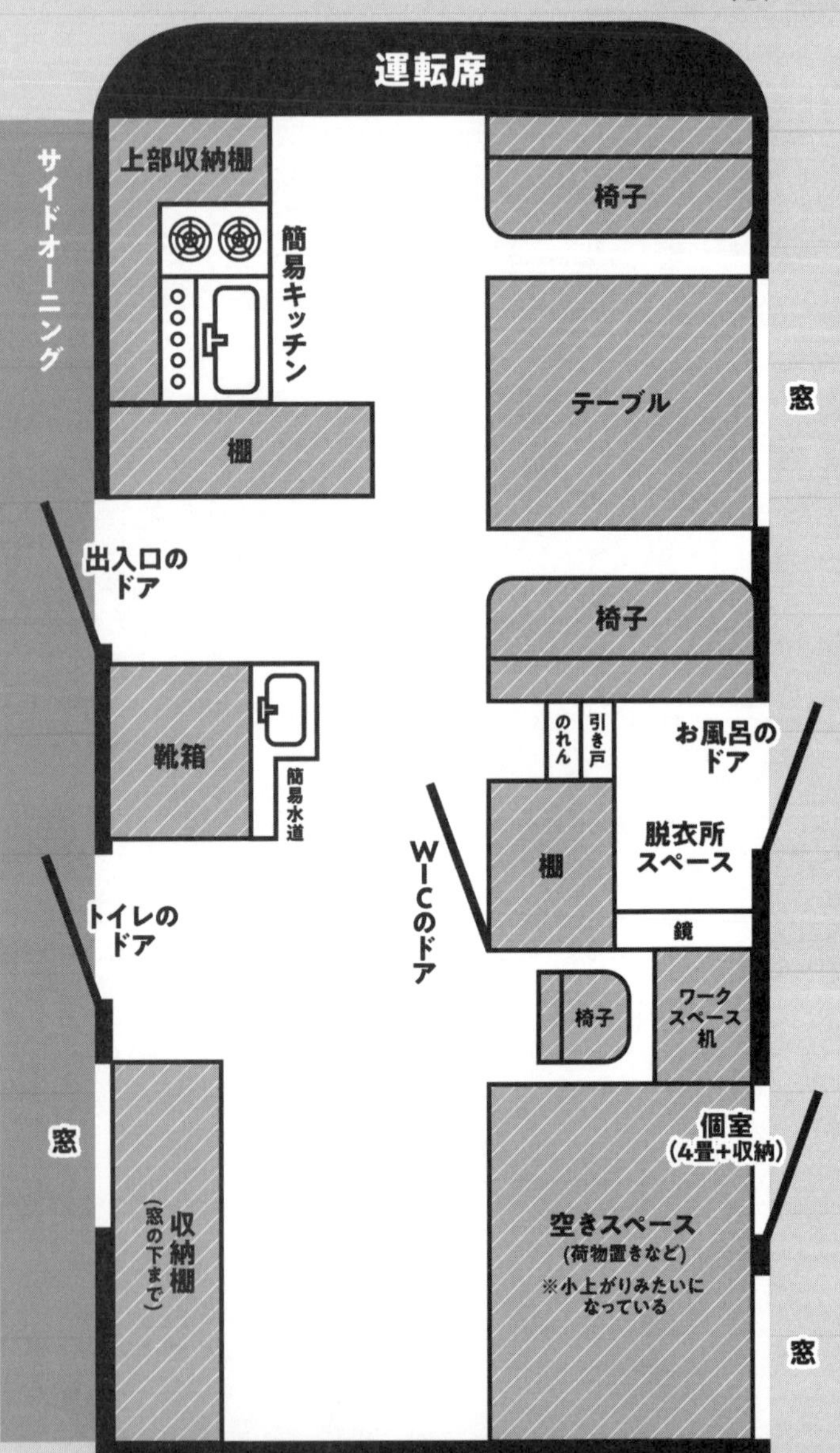

冷凍庫爆誕

厳しい四層を越え、私たちは五層にやってきた。

五層は四層と違ってなだらかな道が多く、まさにキャンピングカーのためにあるような階層だった。

「いやっふう！　これならどこまででも爆走できそう！」

道幅もあるし、遠慮なくアクセルが踏めてしまいそうだ。

「ミザリー、前方にハイゴブリン二匹と、ハイゴブリンライダーが一匹、さらにその先にハイゴブリンメイジが三匹いる！」

「オッケイ……！」

ラウルの声に頷（うなず）いて、私はキャンピングカーでゴブリンたちを倒す。すると、《ピロン♪》と音が鳴った。

レベルアップだ！

「お、やったなミザリー！　おめでとう」

「おめでとう」

『にゃう～』

「ありがとう！」

みんなにお礼を言って、今回のレベルアップを確認する。

《レベルアップしました！　現在レベル15》

レベル15　キッチン拡張

「うおっ！」

「またすごいレベルアップなのか？」

もう私が驚くのは想定の範囲内だとでもいうように、ラウルが聞く体勢に入っている。

「今度もすごいの！　キッチンが生まれ変わってる……かも！」

「え？」

私の言葉に、ラウルの目が点になった。

ナビで周囲に人がいないことを確認して、居住スペースへ移動する。

広くなったキッチンは、なんとL字になった。

それだけではなく、なぜか奥行きがある。慌ててキャンピングカーを外から見てみたが、まったく変化がなかった。

不思議なんだけど……そういうものだと受け止めることにした。

コンロは三口になり、壁際に。シンクはコンロを正面にしたら右手側にあって、その横には大きくなった冷蔵庫様がいる。

――そう、冷蔵庫様だ。

なぜ様をつけるかって？　そんなのは決まっている。

なんと、冷凍庫がついたのだ!!

思わず無言で真ん中の冷凍庫を開ける。ひんやりした空気が肌に触れて、思わず頬が緩む。これはすごい。革命だ。

冷蔵庫様は両開きタイプで、真ん中が冷凍庫、一番下が野菜室だ。かなり大きいので、三〇〇～四〇〇リットルくらいのサイズだと思う。

「うわ、ひんやりしてる！　これって、氷室か……？」

「魔導具で見たことがあるけれど、維持費がすごくかかると聞いているわ」

この世界にも似たタイプの魔導具があるので、二人とも冷凍庫に似た設備は知っているみたいだ。

「これは冷凍庫っていって、食材を凍らせることができるのです……！」

「凍らせるって、そんなことまでできるのか⁉　ミザリーのスキル、いつも驚かないって決めてるのに規格外すぎるだろう……」

ラウルは驚きを通り越して、額に手を乗せてやれやれとばかりに長く息を吐いた。

「とりあえず、鶏肉を冷凍しよう。まずはおはぎのご飯の確保が一番大事だからね！」

『にゃにゃっ！』

私が冷蔵室から冷凍室に鶏肉を移すと、もらえると思ったのかおはぎが腕にしがみついてきた。とっても可愛いけど、まだご飯の時間じゃないんだよごめんね……。


それからもゴブリンライダー、ハイゴブリンたちを倒し……五層のキャンプ地に到着した。

キャンプ地というだけあって、何組かのテントが張られている。雰囲気はキャンプ場で、なんだか楽しそうだと思ってしまった。

しかしキャンピングカーから降りて周囲を見回してみるが、人がいない。

「みんな攻略するため、六層に行ってるんだと思うわ」

「あ、なるほど」

基本的に夜くらいの時間になったら戻ってきて、わいわい騒いだり、泥のように眠ったりしているらしい。

「五層っていうだけあって、広場も広くなってるな」

「それは思った！」

キャンピングカーを出していても余裕だし、通路の幅も二車線くらいには広くなっている。階層が進むほど広くなってくれているのは、助かるし嬉(うれ)しい。

『にゃ、にゃにゃっ！』

「おはぎ？」

私の肩に乗っていたおはぎが、ふいに飛び降りて広場の奥に走り出した。

「ちょ、おはぎっ⁉」

「どうしたんだ⁉」

こんな魔物がたくさんいるダンジョンで、おはぎの単独行動なんてとんでもない！　慌てて追いかけると、おはぎはすぐにスピードを緩めた。

『みゃぁ』

「おはぎ……？　え、すごい……」

おはぎが向かった先は、広場の後方にあった細い通路の奥だった。川が流れていて、魚が泳いでいる。

「ダンジョンの中に川があるなんて……」

「おお～、いいキャンプ地だな。水の確保ができるのは、冒険者にとってめちゃくちゃ大事だから」

「魚を釣って食料にすることもできそうだねぇ」

フルリア村の近くで渓流釣りをしたことを思い出し、魚を釣って食べるのもいいなと思う。

泳いでる魚はなんだろうと考えていると、フィフィアの「大丈夫～？」という声が聞こえてきた。

「うん、大丈夫！」

私が返事をすると、フィフィアがひょこりと顔を出す。

「ならよかった。この川の水は綺麗(きれい)だから、飲料水として重宝してるの。泳いでる魚も食べられるわよ」

「このまま飲めちゃうの？」

「いつも飲んでるわ」

フィフィアのお墨付きをいただいたので、私は手ですくって水を飲んでみる。冷たい水が体に染み渡っていくのを感じる。

「ん～、美味(おい)しい！」

「俺も飲もうっと。あ、おはぎは流されたら大変だから、体を押さえておいてやるよ」

『にゃ』

ラウルがおはぎの水飲みを手伝ってくれている。

美味しそうにごくごく飲む姿が可愛くて、思わず頬が緩んでしまう。水を飲んでる猫って、どうしてあんなに可愛いんだろう。

美味しい水を飲み終わったところで、私はうずうずし始める。

「ねえねえ、今日の夜ご飯はこの魚にしない？　食べられるみたいだし」

「構わないけど、なんて魚なんだ？」

「ティアーズフィッシュよ。この川は精霊の恵みなんじゃないかって言われているんだけど、魚の鱗(うろこ)が綺麗な雫(しずく)なの。だから、精霊の涙みたい……って名付けられたのよ」

フィフィアの説明を聞く限り、綺麗な魚のようだ。

「キャンピングカーの中に釣り竿(ざお)があるから、釣ってみよう！」

「おう！　……って、ミザリーは一度休んだ方がいいんじゃないか？　ここまで運転してたから疲れてるだろ？」

「運転してるだけとはいえ、スキルで魔物を倒してるんだものね。たぶん、ミザリーが自分で思っている以上に体力とマナを消耗してると思う」

二人の言葉に、確かに運転しっぱなしだったなと思う。体なんてバキバキになっているので、ストレッチもした方がよさそうだ。

「……じゃあ、お言葉に甘えて少し休もうかな？　夕食は私が作るから、ラウルとフィフィアは食材の調達をよろしくね！」

「おう、任せとけ！」

「頑張るわ」

ゴロゴロ、ゴロロロロ……。

なんともいえない心地よいゴロゴロ音を聞きながら、目が覚めた。見ると、私の横でおはぎが気持ちよさそうに寝ている。

は～～、幸せっ！

「最高の目覚め……。おはよう、おはぎ」

私は寝転んだままおはぎを抱き寄せると、再び睡魔が襲ってきて……うっかり二度寝してしまった。

「——ハッ！」

がばっと体を起こし、部屋を見回す。

「ものすごく寝てしまった気がする」

身体はスッキリしているし、思考もクリアだ。

お腹は……かなり空いている。

「どれくらい寝てたんだろう？　ラウルたち、魚をゲットできたかな……？」

夕飯のメニューはどうしようかと頭の中で考えながら、いつもの服に着替えて部屋を出た。

「キャンピングカー内にはいないみたいだね」

外か、もしかしてまだ釣りをしてる？

私は首を傾げつつ、おはぎと一緒に外へ行く。すると、ここをキャンプ地にしている冒険者たちが何組か戻ってきていた。

「——！」

挨拶をと思ったら、ラウルとフィフィアが冒険者たちと話をしているようだ。すぐ、ラウルが私に気づいてくれた。

「起きたか、ミザリー！　紹介するよ。ここをキャンプ地にしてる冒険者のみなさんだ」

「こんにちは。ラウルとフィフィアとパーティを組んでる、ミザリーです」

簡単に挨拶すると、冒険者たちがわらわら集まってきた。どうやらテントの中にいた人も、私に挨拶するために出てきてくれたみたいだ。

みんな律儀でいい人だ……！

「俺はコルドってんだ。このキャンプ地じゃあ一番の古株だからよ、何かあればいつでも声かけてくれ」

「コルドと同じパーティのネビルだ」

「俺はローガンだ」

「ナックだ、よろしく」

一気に名乗られたので名前に不安は覚えつつも、総勢二〇人がこのキャンプ地を利用しているみたいだ。

「今、六層のことを聞いたりしてたんだ。魔物が一気に強くなってるみたいだから、慎重に進んだ方がいいっぽいな」

「一気に強く⁉　それは大変だね……」

もしかしたら、今までみたいにキャンピングカー無双も難しくなるかもしれない。

キャンピングカー間取り

Lv15
キャブコン
バージョン

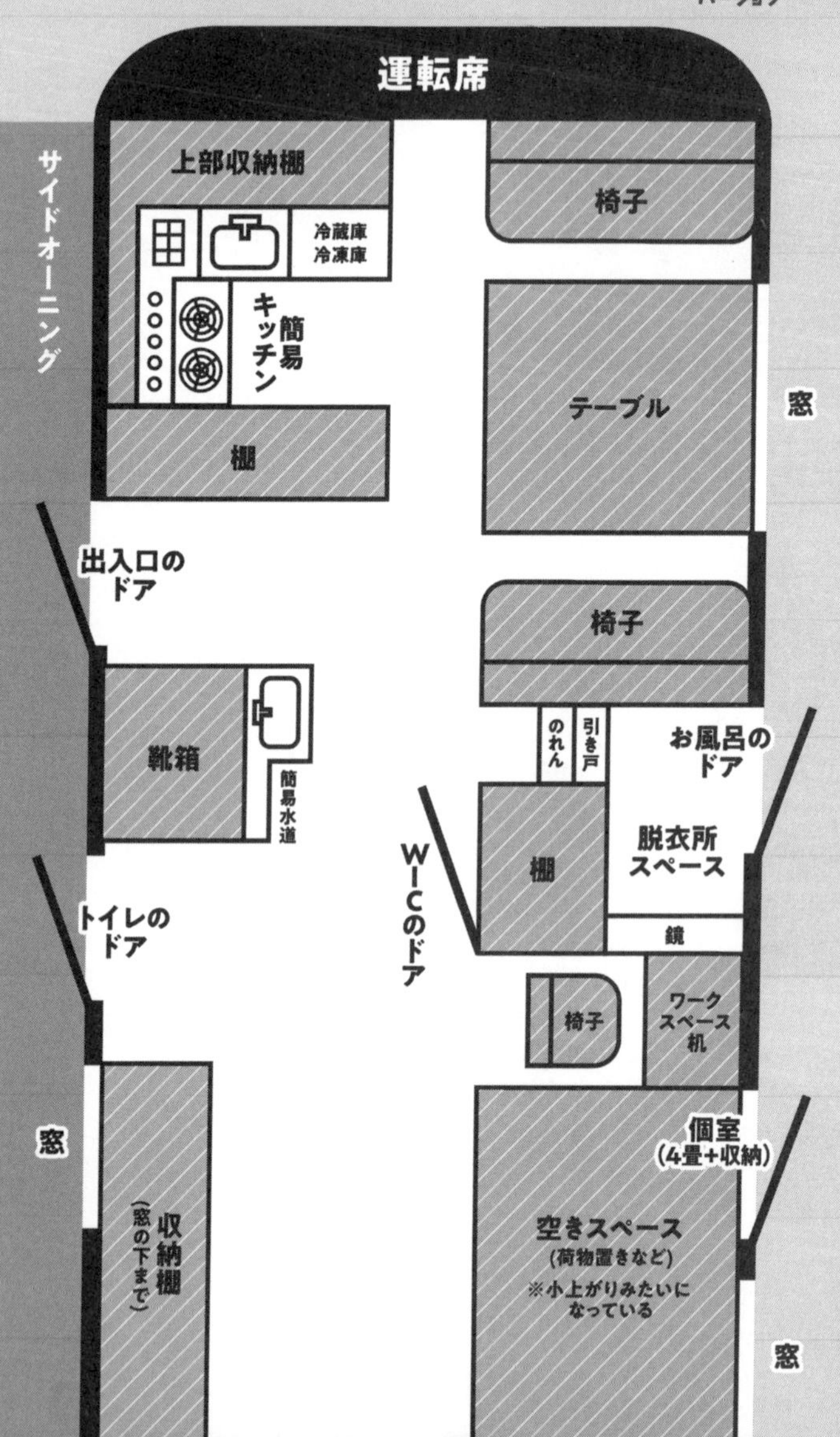

五層キャンプ地にて　～ティアーズフィッシュバーガー～

さてさて。

ラウルとフィフィアの釣果確認タイムです。

「今日の夕飯に使う魚……どうだった？」

「ふっふっふっ、見て驚け！」

不敵に笑ったラウルが、じゃじゃーんと木桶に入ったティアーズフィッシュを見せた。雫型の深い青色の鱗がキラキラ光っていて、とても綺麗な魚だということが一目でわかってしまう。

そんなティアーズフィッシュが、なんと一〇匹。

「え、釣りすぎじゃない？」

思いがけないほど大量で、思わずツッコミを入れてしまったのは許してほしい。

「ごめん、釣りが思いのほか楽しくて……」

「俺はもういいんじゃないか？　って言ったんだけどな」

「犯人はフィフィアだったの」

フィフィアは冒険者として冷静な判断をするとばかり思っていたので、本能のままに魚を釣ったのにちょっと笑ってしまった。

すると、フィフィアは指をもじもじさせながら理由を教えてくれた。

「実は、いつも食料が尽きるから……可能な限り釣らなきゃと思って……」

「ひもじくならないように、頑張って釣ってくれたんだ」

そんな理由じゃ、無下にできないよ。

「とはいえ、一人でこの量を捌(さば)くのは大変そうだね……」

若干遠い目をすると、すかさずラウルが手を上げた。

「俺も手伝うよ。魚ってあんまり捌いたことがないから、やり方が知りたい」

「それは助かるからいいけど、私だって別に捌く技術があるわけじゃないよ？　それでもいいなら、いいけど」

「ああ、それでいい」

ラウルの熱意に頷(うなず)き、私たちは一度キャンピングカーに戻った。


私とラウルはキッチンに立って、釣った魚の相談をする。

「ティアーズフィッシュも、切り身の状態にしていくつか冷凍しておいたらいいよね。ダンジョン攻略中に魚が食べられるのは嬉(うれ)しいし」

「いいな、それ。この先に川があるかわからないから、できるだけストックしておきたいな」

「うん」

ラウルの言葉に頷いて、私はひとまずティアーズフィッシュを捌き始める。

「へえ、上手いな」

「ありがとう。いっぱい釣れてるし、ラウルもすぐ上達するよ」

「うし、頑張るぜ！」

ラウルが軽く腕まくりをしたのを見て、私も負けてられないぞとばかりに気合をいれた。よし、美味しいご飯を作っちゃうぞ！


「お待たせ、フィフィア。夕飯だよ～！」

「――！」

私とラウルはできあがった料理を持って、キャンピングカーを降りた。

フィフィアは料理を待つ間、冒険者たちといろいろ情報交換をしていたようだ。数人で立ち話をしているところだった。

いけない、邪魔しちゃったかな？

そう思ったけれど、目を輝かせたフィフィアは、ほかの冒険者に挨拶を済ませすぐさまこちらにやってきた。

「ミザリー、ラウル、ありがとう！　ああっ、美味しいご飯……！」

フィフィアの目がキラキラしているので、かなりお腹が空いていたのだろう。

「今日はお魚ということで……フィッシュバーガーにしてみたよ」

「フィッシュバーガー？」

聞き慣れない名前だったらしく、フィフィアが首を傾げた。

「ティアーズフィッシュを揚げて、パンにはさんであるんだ。私の故郷ではよく食べられてる料理なんだけど、こっちだとサンドイッチの方がわかりやすいかも」

「なるほど、サンドイッチね！」

無事に伝わったようで、ほっとする。

テーブルに全員分のフィッシュバーガーを並べると、一気にお腹が空いてくる。

カラッとあげたティアーズフィッシュを、新鮮なレタス、トマトと一緒にパンにはさんでいる。

甘辛いトマトソースがこれまた相性抜群で、疲れた体を癒してくれること間違いなし。

そしてフィッシュバーガーを持ちやすいように、包み葉でくるんでいる。これなら、フィッシュバーガーを持って手が汚れることもないので食べやすい。

まごうことなき逸品だ。

「どうぞ召し上がれ」

「いただきます！」

フィフィアがすぐさまフィッシュバーガーにかぶりつくと、サクッという気持ちのいい、食欲をそそる音がした。

周囲の冒険者がごくりと喉を鳴らす。

「んっ！」

食べたときの音に驚いたようで、フィフィアが目を見開いた。

わかるよ、すごく美味しそうな音だったもんね。

……それにいつもは、簡易食ばっかりだったろうし……。

揚げ物とソースの匂いは、さぞかし暴力的だったろうと思う。外に持ってこないで、フィフィアを室内に呼んだ方がよかったかもしれない。

「どうだ？　フィフィア。味見したけど、かなりの美味さで……！」

「んんっ、すごく美味しい！　魚って、こんな風にも料理できるのね。サクッとする食べ応えはもちろんだけど、トマトの酸味がティアーズフィッシュの味を引き立ててくれてると思う」

「だよな！　パンも軽く焼いてるのは、俺の案なんだぜ」

「最高……!!」

ラウルもフィッシュバーガーが気に入ったらしく、大きな口で頬張っている。

味見をしたときに、絶対また作ろうと何度も言っていたからね。

気にしても仕方がないと思うことにして、私もフィッシュバーガーにかぶりつく。ん～、カラッと上がってるティアーズフィッシュの白身がサクサクで、とっても美味しい。

ラウルじゃないけど、確かにこれは何度でも食べたくなっちゃう美味しさだね。

私たちが夢中で食べていると、ほかの冒険者――コルドとネビルが声をかけてきた。

「ちょ、それは匂いがやばすぎるんじゃねえか!?　なんで精霊のダンジョン五層でそんな美味そうなもんが食えるってんだよ……！」

「あの大きなものは、中で調理することもできるのか……？」

羨ましいと、顔に大きく描いてある。

そういえばほかの冒険者の食事事情って、ほとんど知らない。

ラウルとフィフィアの様子を見るに、干し肉を常備してることはわかるけれど、さすがにそればかりでは飽きるし栄養も偏る。

私はちらりとほかの冒険者のテント付近を見た。


キャンプ地ということで、スープは大鍋で作っているようだけど……具はあまり入っていないみたいだ。

しかも、メインは干し肉を食べている人がほとんどだった。たまに食べるわけじゃなくて、結構常用食として食べられていたんだね。

それに加えて、日持ちを優先させているだろう硬いパン。


……食の楽しみが皆無!!

うーん、ティアーズフィッシュはまだあるから、ここにいる人数分も作れる。幸い、小麦粉はたくさん買ってあるからパンを焼くのも簡単だ。

私がどうすべきか考えていると、ラウルが横にきて耳打ちしてきた。

「このキャンプ地を使うなら、あんまり拒否するのもよくないよな?」

「うん、私もそう思ってたところ。かといって、料理の手間もあるから――」

「それなら、売るっていうのはどうだ？」

「え、売るの⁉」

ラウルの提案に、私は驚いた。

今まで自分の料理を販売しようとしたことがないし、そもそも販売に関する規則はどうなっているのかも知らない。

街によって違うのか、国によって違うのか。それともダンジョンの中はまた別なのか……と、いろいろなことを考えてしまう。

「ダンジョン内ではよくあることなんだ。売買もそうだけど、物々交換することもある。一方的に施すと、どうしても人間関係がよくない方に進むからな」

「人間関係は大事だもんね」

確かに一理あると、私は納得する。

ラウルの話によれば、ダンジョン内での商売に何かしらの届け出は不要なのだそうだ。

街で屋台を出したり店舗を構えたりする場合は、税金を納める必要があるため届け出が必要になるのだという。

なるほど、勉強になります。

「フィッシュバーガーの値段だから、一つ五〇〇ルクくらいかな？」

私がそう言うと、フィフィアが信じられないと言う目で見てきた。

「それは安すぎるわよ、ミザリー。ここはダンジョンの五層なんだから、二〇〇〇ルクくらいにしなきゃ」

「えええっ、そんなに⁉　高くない？」

「これでもちょっと安いくらいよ？」

私が値段を決めようとしたら、すぐフィフィアから駄目出しが入った。しかし私の作ったフィッシュバーガーが二〇〇〇ルクになってしまうとは……。

富士山の上で買い物をすると麓より数倍は高いのと同じだね。

「でも、さすがに今日はもう遅いし……やるとしたら、明日かな？」

「それでいいと思うわ」

「楽しみだな」

明日の夕方、ティアーズフィッシュバーガーを二〇〇〇ルクで販売することになった。

翌日、私たちは一日お休みにした。

といっても、夕方にはティアーズフィッシュハンバーガーの販売をする予定なので、お休みと言っていいのかはわからないけれど……。

とはいえせっかくの休み！

ということで、私は釣り竿を持ってラウルと一緒に川にやってきた。

おはぎはキャンピングカーの中でごろごろしていて、フィフィアはお風呂に入ってのんびりしたいということなのでお留守番をしてくれている。

休日にお風呂に入ってまったりするなんて、なかなかのお風呂通ではないだろうか。


「それにしても、この川はすごく水が澄んでるよね。どこから流れてるんだろう。地下水なのかな？　もしかしたら、精霊のところから湧き上がってきているのかもしれない」

「うーん……。ダンジョンは理解できないような、不思議なことが多いからなぁ。研究者もいるけど、あんまりいい成果は出てないって聞いた気がする」

「人間が理解するには難しそうだねぇ……」

私は苦笑して、釣り針に餌をつけて釣り竿を振った。

「理解することはあきらめるので、ぜひ釣果を！」

すると、私の祈りが届いたのか……すぐにピクピクッと反応がきた。少し引いているだけなので、まだ、まだ耐えて……と様子を見る。

「お、いい出だしだな」

「うん。たくさんフィッシュバーガーを売るためには、大漁でなくちゃ！」

大きくくんっと引っ張られたので、私は慌てて竿を上げる。バシャンッと大きな水しぶきがかかってしまったけれど、無事に釣り上げた。

「うわ、でっかい！」

「大物だ！」

ティアーズフィッシュは、私が両手を使ってやっと持ち上げられるくらいの大きさだった。昨日ラウルたちが釣ったものに比べたら、二倍くらい大きいかもしれない。

これは人生初の魚拓を取ってもいいレベルかも、なんて思ってしまう。

とりあえず魚をバケツに入れてみるが、大きすぎたので尾びれがちょっと飛び出てしまった。

「これ一匹で、何人前の料理が作れるんだろうね」

「俺たちだけなら、腹いっぱいになるな」

見ればラウルもびしょ濡れになっていたので、その様子を見て二人で笑う。

「せっかくなら煮つけとかも作りたいけど、調味料が足りないんだよね……」

せめて醤油があれば、料理の幅が今の百倍くらい広がるのに……!!

「煮つけって？」

「ここら辺では食べないよね。魚を甘く似た感じの料理なんだけど、醤油が必要なんだよね。ラウル、知ってる？」

「ん～……」

この世界も広いので、もしかしたらどこかに醤油があるかもしれない。そんな駄目元な気持ちでラウルに聞いてみると、「あ」と声をあげた。

「ミザリーの言う醤油かはわからないけど、甘い感じになる調味料があるっていうのは聞いたことがあるな」

「え、本当⁉」

「旅をしてる冒険者に聞いたんだ。確か、東の方だったかな？　故郷の調味料は、ここら辺とは全然違うって言ってた」

「それは期待が持てそうかも……！」

全然違うということは、味噌なんかもあるかもしれない。

これからの旅は、進路を東にしてもいいかも。まだ見ぬ東の国へ、醬油・味噌・米を求めて出発だ！　……なんて。


「お、ミザリーかかってるぞ」

「これで五匹目、っと！」

ここの川は魚があまりすれていないからか、結構簡単に釣ることができた。五匹も釣れば、夕食の分は十分だろう。

……あとは、お昼ご飯用に三匹あったらいいかな？

せっかく新鮮な魚が手に入るので、美味しくいただきたい。私はワクワクしながら釣り竿を振った。

「そろそろ十分じゃないか？」

「今から釣るのは、私たちのお昼ご飯！　せっかくだから、美味しい魚を堪能しよう」

「どんな料理になるか楽しみだな」

それから魚を三匹釣り上げて、私たちはキャンピングカーに戻った。

「ミザリー、何か手伝うか？」

「あ、じゃあ野菜をお願いしようかな？　ミニトマトと、何か緑の野菜……あ、アスパラがあったんじゃない？　それからニンニクも！」

「オッケー！」

私が材料を言うと、ラウルがすぐに取り出して洗ってくれる。ミニトマトはそのままで、アスパラは食べやすい大きさに切ってくれている。

本当はアサリがあったらよかったんだけど、ないものは仕方がない。

私はその間に魚の処理だ。内臓などを取り除いて、大きい骨も取ってしまう。これで多少は食べやすくなったはずだ。

魚の皮部分をフォークで軽く刺して、塩コショウで下味をつけたらフライパンにオリーブオイルを入れてニンニクと一緒に皮がカリッとなるまで焼く。

うん、香ばしくていい匂い！

「美味そうだな」

「ニンニクの匂いもたまらないねぇ」

それからミニトマト、アスパラ、料理用のワインと水を入れ、魚に火が通るまでグツグツ煮込むだけだ。

「魚はこれでオッケー。パンはアクアパッツァ……魚料理のスープをつけて食べても美味しいと思う」

「それは名案だな」

ラウルは頷いて、黒パンを取り出した。人数分に切り分けて、それぞれのお皿に持ってくれる。

それからジャガイモでポテトサラダを作ったりし、お昼ご飯が完成した。


私は脱衣所をノックして、「フィフィア～」と声をかける。

「私の部屋にもいなかったから、たぶんまだお風呂を満喫してるんだよね……？　のぼせてないといいんだけど……」

かなりの時間、フィフィアの姿を見ていない。最初にお風呂に入ったときにのぼせてしまったので、心配なのだ。

すると、すぐ「はーい」と返事が聞こえた。

……よかった、倒れたりしてない。

私はほっと胸を撫で下ろして、用件を伝える。

「お昼ご飯の準備ができたよ。お風呂、あがれそう？」

「お昼！　すぐ行くわ!!」

フィフィアはお風呂が好きだけれど、ご飯はもっと大好きのようだ。その反応が可愛くて、思わず笑ってしまった。

「ん～っ、美味しい！」

「うまっ!!」

『にゃっ、にゃう！』

フィフィアとラウルがアクアパッツァを食べて頬を緩めた。おはぎには軽く焼いた魚と、茹でた鶏肉を用意している。

「トマトの酸味が合うな。これならいくらでも食べられそうだ」

ラウルはパンの上に魚を乗せて、もりもり食べている。魚の量が多かったかもしれないと少し心配だったけれど、まったくそんなことはなかった。

私もさっそく魚を口に含む。

まずは身の部分。しっとりしていて、味がしみ込んでいる。皮もしっかり焼いているので、パリッとしていて美味しい。

ん～～、これは最高！

夢中で食べていたフィフィアが、「そういえば」とキッチンを見た。

「魚は用意……できたみたいね」

キッチンの床に、バケツに入った魚がどどんと置かれている。それを見たフィフィアは納得して、

「夕方から大忙しになりそうね」と言う。

「大漁だったよ。ここで自給自足生活もできちゃいそう」

「できそうだけど、さすがに肉も食べたいぞ」

「野菜も必要よ」

魚を釣ってのんびり生活も楽しそうと思ったけれど、二人から駄目出しされてしまった。でも確かに魚だけだと食材が少ないか……肉は正義だ。

「それか、日当たりのいい場所で何か育てたらどう？」

「え、キャンピングカーで家庭菜園ってこと？」

それは……楽しいかもしれない。

ミニトマトとか、オクラや大葉あたりなら育てやすそうだ。天気がいい日は外に出してあげてもいいし、キャンピングカー生活がもっと楽しくなりそうだと思う。

料理もしやすくなるだろうし！

街に行ったら、鉢植えと種を用意しようと考え頬が緩む。

「ミザリー、にやにやしてるぞ？」

「え！　キャンピングカーで何か育てたら楽しそうだなぁ……って考えてたからかな？」

にやにやだなんて恥ずかしい！　そう思って手で頬を押さえるけれど、にやにやが収まるわけでもなく。

「植物を育てるのは、いいわね。……何が起こっても飢えだけは回避できるもの」

「フィフィアが言うと一気に悲壮感が増すんだけど……」

行き倒れていたフィフィアの説得力は、すさまじい。

とはいえ、育てていたら最悪の状況が防げる可能性はある。これからダンジョンの奥へ進んでいくのだから、備えあれば憂いなしだ。

「……っと、早く食べて魚を捌かなきゃだった」

『にゃ～……』

「あ～、量が多いもんな」

「料理以外にすることがあれば、手伝えるわ」

ラウルがバケツ一杯の魚を見て苦笑している。おはぎはおかわりしたそうだけど、あまり食べすぎると吐いちゃうからね。

そしてフィフィアはもう一度「料理以外で……」と言う。

「なら、キャンピングカーの前で売るからテーブルの準備をお願いしていい？」

「わかったわ」

迷宮都市に戻ったときに購入したテーブルと椅子のセットを使うときがきたね！

なんとか大漁だった魚を捌き終わり、私はふうと一息つく。

今日も、昨日作ったティアーズフィッシュバーガーを作っていくよ！

まずはパン！

焼く数は、私たち三人と五層に滞在している冒険者二〇人分を合わせて二三個あればいいんだけど……失敗する可能性も考えると、もっと多い方がいいかな？

「ねえ、ラウル。何個くらい作ればいいかな？　冒険者全員が買ってくれるとは限らないし、少な目の方がよかったりするかな」

「……本気で言ってるのか？」

「え？」

どういうことかわからず私が首を傾げると、ラウルが悩むようなそぶりを見せつつも考えを話してくれた。

「その倍……いや、三倍くらい用意してもいいんじゃないか？」

「えぇぇっ⁉　そんなに必要⁉」

「必要だ」

驚いた私に、ラウルはものすごく真面目な顔で頷いた。

……でもそうか、男性はフィッシュバーガー一個じゃ足りないんだ。前世のハンバーガー屋でも、数個食べてる人がいた気がする。

「ちなみに、ラウルは何個くらい食べれそうなの？」

「今日はあんまり動いてないから、二～三個ってとこかな？」

「…………」

だとすると、六層で狩りをしてへとへとで帰ってくる冒険者たちは、いったいいくつ食べるのだろうか？

私はひえっと嫌な汗をかいて、慌てて用意する数を三倍に増やすことにした。

「ミザリー、テーブルはこんな感じでいいかしら」

「ありがとう、フィフィア。バッチリ！」

ちょうどサイドオーニングの下に来るよう、テーブルを設置してもらった。ここにフィッシュバーガーを乗せて販売するのだ。

周囲を見ると、探索から帰って来た冒険者がチラチラこちらを見ている。

すると、「できたぞ！」とラウルがキャンピングカーから顔を出した。

「「「本当か⁉」」」

ラウルの言葉に真っ先に反応したのは、冒険者たちだ。私も返事をしたのだけれど、みんなの大声にかき消されてしまった……。

「楽しみに待っててもらったみたいだな」

そう言って、ラウルは大皿に載せたフィッシュバーガーを持ってキャンピングカーから降りてきた。

揚げた魚のいい匂いがただよってきて、無意識のうちに喉が鳴る。

「はあぁ、美味しそう」

さっそくフィフィアが食べたそうにしているけれど、今回は販売するのが目的だ。私たちが食べるのは、販売が終わってからになる。

フィフィアはそれがわかっているので、「早く販売しましょ！」といい顔をした。

「ティアーズフィッシュのフィッシュバーガー、一つ二〇〇〇ルクでーす！」

高い!!　そう思いつつも私が声をあげると、わっと冒険者たちが押し寄せてきた。

「――！」

「いらっしゃいませ」

私が驚くなか、フィフィアはさも当然とばかりに目の前の冒険者に「一度につき一つ、追加購入は二つまでです。食べ終わってから買いに来てくださいね」と説明をしている。

冒険者も、それに「わかった！」といい笑顔だ。

「よし、俺が一番乗りだ！　――っ、うんめぇぇぇっ!!」

「あ、コルドさんずりい！　俺も――うっま!!」

フィフィアから購入した冒険者たちが、次々「美味い！」と声をあげている。

「こっちにも早く売ってくれ！」

「――っ、すみません！　すぐに！　二〇〇〇ルクです」

私にも声をかけられて、慌てて販売を開始する。

「ティアーズフィッシュのフィッシュバーガーです」

「ほい、二〇〇〇ルク。ありがとうよ」

「ありがとうございます」

購入していった冒険者は、すぐさまフィッシュバーガーにかぶりついた。ザクッという歯ごたえに、食べた本人も驚いている。

「……こんな深いダンジョンの中で、美味い飯が食えるとは思わなかった。ありがとうな、嬢ちゃん」

「い、いえ！　喜んでもらえて嬉しいです」

冒険者からのお礼の言葉に、頬が緩む。

すると、ラウルが「追加お待ち！」とキャンピングカーからフィッシュバーガーを持ってきた。瞬間、冒険者たちの目がギラリと光る。

……みんなおかわりしたくて仕方がないみたい！

私は急いで「お待たせしました！」と声を張りあげる。

するとすぐに、コルドがやってきた。ついさっきフィフィアから購入していたと思うのだが、もう完食してしまったらしい。

……え、食べるのはや……。

「待ってくれ、なんだこれは。美味すぎだろ。街でだって、そう食べられるもんじゃないぞ？」

「さすがに街の食堂と比べたら申し訳ないですけど……あ、もしかしたら食材のおかげかもしれません。ティアーズフィッシュって、ここにしか生息してないんですよね？」

「それはあるかもしれないな」

ダンジョンの奥深くの川に生息している魚なので、荷物がかさばるし、鮮度も落ちてしまうためそう簡単に街へ持ち帰ることはできない。ダンジョンを抜けて、さらに街まで移動しなければいけないからだ。

「俺も料理の達人だったらいいんだが、なかなかなぁ」

コルドが頭をかいていると、「ダンジョンの中では難しいですから」とネビルが話に入ってきた。

「そもそも、調理器具を運ぶ余裕もないですからね。それなら、武器やポーションを持った方がいいですし」

「あ、それもそうですね……」

「俺にも嬢ちゃんみたいなスキルがあったらよかったんだけどな」

「あはは」

ほかの冒険者の話を聞くと、改めて自分のスキルが規格外なのだと自覚させられる。

「――っと、これ以上喋(しゃべ)ったら後ろのやつらにどつかれちまう」

「また食べ終わったら並ぶわ！」

「あっ、ありがとうございます！」

コルドとネビルが下がったのを見て、私は次の冒険者にフィッシュバーガーを売る。そしてラウルが補充して――というのを何回か繰り返した。

「フィッシュバーガー、完売です！」

「「「えええええっ！」」」

フィッシュバーガーの在庫がなくなったことを告げると、冒険者たちからブーイングが起こった。

でも、私とラウルの二人でこれ以上作るのは……もう……無理です……。

それは冒険者たちもわかってくれているみたいで、「美味かったよ！」「ありがとう！」と口々にお礼を伝えてくれた。

……大変だったけど、みんなに喜んでもらえてよかった。

自分の料理を売って稼ぐことができるなんて、まったく考えもしなかったよ。ラウルとフィフィアがいなければ、きっとできなかっただろう。

私の中に、なんとも言えない達成感が込み上げた。


キャンピングカーに戻った私は、へたりとソファに座り込む。ラウルとフィフィアもだ。おはぎは癒し係として、私の膝に座っている。可愛い。

「フィッシュバーガー屋さん、お疲れ様〜！」

『にゃあぁ』

「お疲れ。でも、三倍じゃ足りなかったなぁ」

「お疲れ様。冒険者だから、いくらでも食べるわね」

ラウルがお茶を淹れてくれたので、それを飲みながら今日のことを話す。

「今後も続けてほしそうだったわね」

フィフィアの言葉に、私は苦笑する。

喜んでもらえたのは嬉しいけれど、私たちはエリクサーを求めてダンジョン攻略をしているのだ。何日もお店をしているわけにはいかない。

売上金の確認をしているのだが……完売しただけあって、懐が潤った。しかも材料は釣り上げた魚なので、あまりかかっていないわけで。

ちょっと多めに作って、販売数は七〇個。しめて一四万ルク。

「この売上で、キャンプアイテムが一つ買えちゃうんじゃない……？」

なんて思ったのも、仕方ないだろう。

ほしいものは、たくさんある。

あのときあきらめた焚き火台を、カスタマイズして鍛冶屋で作ってもらうのもいい。

ほかには、ランタンや、今日みたいなときのために大きいサイズの調理器具があってもいいかもしれない。

あ！　荷物を積んでおくために、車輪のついたワゴンなんかもほしいなぁ～。

私がそんな妄想をしていると、フィフィアがやれやれといった感じでため息をついた。

「ミザリーは、それより先に買うべきものがあるでしょ？」

「え？　買うべきもの……。あ、おはぎの替えのバンダナとか？　冒険続きだったから――」

「装備よ、装備!!」

食い気味で正解を言われてしまった。

「駆け出し冒険者、っていうなら今のままでもいいけど、ここはもう精霊のダンジョンの五層なのよ。さらには六層に行こうとしてる。次、街に戻ったときにもう少し整えるのがいいと思うわ」

「基本はそのままで、防具を買い足すか……防御系の魔導具を装備してもいいかもしれないな。ミザリーだと、あまり重いものは装備するのがきついと思う」

「……確かに。ダンジョンは魔物がたくさんいて、この服だけだと心許(こころもと)ないもんね」

キャンピングカーで進んでいたから、そこまで気にしていなかった。

私は頷いて、次に街へ行ったら装備を考え直すことにした。

ガンガン行こうぜ！　～ガーリックステーキ混ぜご飯～

「みなさん、昨日はありがとうございました！」

『にゃうっ』

「嬢ちゃんたちは、今日から攻略するのか？」

「今日はあの美味(うま)いフィッシュバーガーが食べれないのか……」

フィッシュバーガー販売の翌日、私たちは冒険者たちに挨拶をした。みんな「頑張れ」と応援してくれるけれど、「今夜の飯は⁉」と言う人もいる。

そんな余裕はないんだけど、求められてるっていうのはなんだか嬉(うれ)しいね。

「ま、どうせ夜になればここに戻ってくるんだ。余力があれば、また頼むぜ」

「それもそうですね。じゃあ、そのときはぜひ！」

六層にキャンピングカーを停(と)めて拠点にしてもいいけれど、安全が確保できるかわからないので、得策ではないだろう。

ほかの冒険者もいて安全なので、ここに戻ってくるのがよさそうだ。しっかり挨拶したのに、また夜に再会ということを考えたらちょっと恥ずかしい。

「あれだけフィッシュバーガーに興奮してたんだから、次は一つ五〇〇〇ルクくらいでもいいかしらね？」

「ちょ、フィフィア！　一気に倍以上に値上がってるじゃねえか！」

「それでも買うけどな‼」

「アッハハッ、ちげぇねえ‼」

フィフィアが冒険者を挑発すると、まさかの値上げが許可されてしまった。ダンジョン内で食べられる美味しいご飯、すごい……！

するると、「ちょっといいか？」と一人の冒険者が声をかけてきた。

「前に手に入れた食材なんだけど、いるか？」

「え？」

差し出された麻袋を手にすると、ずしりと重い。

「なんですか？　これ」

「俺の故郷の村で、たまに食べてたんだ。こっちでは全然見ないけどさ」

「故郷の食材なんですね——って、お米だ‼」

「お、知ってたのか」

私が驚いて声をあげると、「ここら辺だと珍しいんだよな」と言う。私も転生してから初めて見るので、本当に珍しい食材だ。

「ありがとうございます！　お米があれば、ご飯が炊ける……！　でも、いいんですか？　大事なお米をもらっちゃって」

故郷で食べていた食材、きっとお袋の味だろう。

ここら辺で購入ができないことを考えると、この人にとってとても価値のあるものなのでは……と思う。

しかし冒険者は、「気にしないでくれ」と笑う。

「俺は料理が下手なんだよ。なんかこう、炊いた米がべちゃべちゃになったり、硬すぎたりしてさ。美味くないんだ」

「あ～……」

入れる水の分量や火力調節が上手くいっていないみたいだ。

「かといって、みんな米を知らないから作ってもらうこともできなくてさ」

それならば、食にこだわりが強そうな私にプレゼントしようと思ったそうだ。

まあ、ダンジョンでここまで本格的に料理をするのは珍しいらしいので、その判断は間違っていなかったのだろう。現に、私は料理好きだ。

「じゃあ、ありがたくいただきます。ありがとうございます！」

「おう！　昨日の美味い飯、ありがとうな」

私が受け取ると、冒険者はフィッシュバーガーが美味しかったと笑顔で去って行った。今日の準備をするのだろう。

話が終わったのを見計らって、ラウルが声をかけてきた。

「ミザリー、そろそろ出発しよう。キャンピングカーだから、俺たちが先に出た方がいいだろ？」

「それもそうだね」

前を歩いていたら後ろからキャンピングカーが来た……というのは、ちょっと怖い。通路が広かったとしても、ドキッとしちゃうよね。

私は頷(うなず)いて、集まっていた冒険者たちを見る。

「じゃあ、いってきます！」

「「「いってこい！」」」

六層に続く階段を徒歩で下りると、ヒヤリとした空気を肩で感じる。今までも洞窟だったので、外の気温よりは涼しかったけれど、それ以上だ。
「え、ここが六層……？」
私は眼前に広がる光景を見て、思わず息を呑(の)んだ。

六層は、洞窟ではなくなっていた。

薄青色が神秘的な石造りの回廊、それが六層だった。

通路は等間隔に飾り柱があり、ランプが設置されている。まるで、写真集などで見た神殿のようだなと思う。

あまり生物の気配は感じないけれど、ダンジョンなので魔物はいるはずだ。

私がそわそわしていると、フィフィアが六層の説明をしてくれた。

「六層は攻略中だから、七層に続く階段は見つかっていないわ。七層があるかもわからないけど……。確認されてる魔物は、ティアーズゴーレム、ワーグ、ディアロスよ」

「強敵ばっかりだな」

ワーグは犬の魔物だが、体がつぎはぎだらけで凶暴。

ディアロスは、サッカーボール程度の球体で、大きな一つ目がついている。黒色で、手の代わりに羽がついてて飛ぶことができるが、あまり高く飛ぶことはできない。

ゲームでは後半に出てきた強敵だ。

「ここに留（とど）まってたら次に来る冒険者たちの邪魔になっちゃうから、とりあえず進もうか」

『にゃう』

私は肩に乗ったおはぎの頭を撫（な）でつつ、キャンピングカーを召喚して乗り込んだ。

インパネを確認してみると、いつも通りといいますか……六層の道――もとい地図がしっかり表示されていた。

ナビで七層の入り口を指定すると、通路も割り出してくれる。迷子にならず七層に行けるだろう。

……さすがだね、カーナビ!!

「あんなに苦労して探索していたのに……」

居住スペースから顔だけ出したフィフィアが項垂(うなだ)れているが、私にはどうしようもない。ラッキーと思って進んでおこう。

私は安全運転で出発した。


ブロロロ……と走り出すと、数分で魔物を発見した。

「ワーグだ！」

「このまま突っ切ってみるか？」

「……そうしてみる」

ラウルがいつも通りの提案をしてきたので、私は頷く。

キャンピングカーをそのまま走らせると、あっけなくワーグをやっつけてしまった。

「この階層も余裕そうだな」

「そうみたい……」

そろそろ苦戦してもよさそうだと思ったけれど、まだまだキャンピングカーで魔物を倒しながら進めるみたいだ。

私は再びアクセルを踏んで、キャンピングカーを走らせる。

すぐに、ワーグのほかにティアーズゴーレム、ディアロスも出てきた。が、あっけなく倒すことができた。

ラウルが強敵と言っていたのでドキドキしていたけれど、思ったよりも拍子抜けだった。

『次のT字路を右に曲がってください』

「はいはいっと」

カーナビに従って進んでいくと、あっという間に六層の終着点の広場に着いてしまった。

時間にして、だいたい一時間くらいだったろうか。

「いったんキャンピングカー停めるね」

「わかった」

階段をキャンピングカーで走るわけにはいかないので、階層移動は徒歩だ。

それに、ここの広場にも六層のように川があったりするかもしれない。

私がキャンピングカーを停めようとしたら、インパネから《ピロン♪》と音が鳴った。レベルアップだ。

「おお、やったな。おめでとう、ミザリー」

『にゃうぅっ』

「レベルアップね、おめでとう」

「ありがとう」

レベルアップで何が変わったのか確認する。

《レベルアップしました！　現在レベル16》
レベル16　電子レンジ追加

「ふぁ――――!!」

「なっ、なんだ!?　そんなすごいレベルアップだったのか!?」

文明の利器キタ!!

私が思わずいつも以上の声をあげてしまったので、ラウルが驚いてしまった。でも、私はいろいろ驚いているのできっといつものことだ。

キャンピングカーということを考えると、冷蔵庫は設置できても電子レンジは無理かな……？と思っていたので、めちゃめちゃ嬉しい。

電子レンジがあれば料理の幅が広がるし、時短にもなる。作り置きしたものを冷凍保存したっていいだろう。

あ、でも耐熱容器とか……？

木材で作った食器類は駄目かもしれないけれど、陶器なら問題なさそうだ。今後はレンジ調理も視野に入れて食器類を購入しよう。

「実物を確認しなきゃ！」

『にゃうにゃう』

私が張り切って居住スペースに行くと、おはぎも後をついてきた。

電子レンジがあれば、おはぎの作り置きご飯をすぐ温めてあげることもできる。

「さて、レンジどこかなっと」

キッチンを見てみると、電子レンジは冷蔵庫の上にあった。冷蔵庫の上に小さな台がついて、その上に乗っているといえばわかりやすいだろうか。

一人暮らしによくやるスタイルだね。

にやにや電子レンジを眺めていると、ラウルとフィフィアも「これがレンジ！」と観察している。

「ここを開いて、中に温めたいものを入れるんだよ」

「「？」」

そう説明するも、実際やってみた方がいいだろうと思う。

……せっかくだし、おはぎのおやつに鶏肉をチンしてみようかな？

私が冷蔵庫から鶏肉を取り出すと、おはぎが『にゃあぁぁっ！』と声をあげた。自分のご飯だということがわかったのだろう。

ゴロゴロ喉を鳴らして、私にすりよってくる。

「くう、アピール上手さんなんだから……!!」

おはぎの可愛さに悶(もだ)えつつ、「やってみるね」とラウルとフィフィアに告げる。

電子レンジの中央にお皿を乗せて、何分温めるかを選択する。三〇秒も温めれば十分だろう。そうしてスタートを押すと、ヴーンと動き出した。

「「おおぉ～」」

『にゃう⁉』

ラウルとフィフィアが覗き込むように、じ～っと電子レンジを見ている。おはぎは聞き慣れない電子音に驚いたみたいだ。

三〇秒経つとチンと音が鳴って、電子レンジが止まった。

「今の音が、電子レンジが終わった合図だよ。中身を取り出すときは、熱くなってるから注意してね」

「本当に今ので熱くなったのか……？」

信じられないのか、ラウルは訝しんで鶏肉を見ている。

「なら、ラウルが取り出してみる？　素手で触ったら熱くて火傷しちゃうかもしれないから、ふきんを使ってお皿を取り出してね」

「わかった」

ラウルは本当に熱いのか半信半疑のまま、とりあえずふきんでお皿の端を掴んだ。すると、一瞬で驚きの表情に変わった。

「本当に熱い‼」

「鶏肉から湯気が出てるわね」

『にゃ、にゃにゃっ！』

「わ～～、熱いから駄目だよおはぎ‼」

ラウルとフィフィアがすごいとやっているのはいいが、おはぎが飛びかかろうとしていて危ない。

熱されたことにより鶏肉の匂いが一気に強くなったのだろう、とても興奮している。

『にゃう……』

「フーフーして冷ますから、もうちょっと待って」

私がそう言うと、ラウルが「すぐに冷ますから！」とふーふー息をかけて鶏肉を冷まそうとしてくれる。

「すぐ食べれそうだね、おはぎ」

『にゃうん』

おはぎはごきげんだ。

「ふ――っと、これくらいで大丈夫だろ。ほら、おやつだぞおはぎ～」

『にゃにゃっ』

ラウルがしゃがんでお皿を差し出すと、おはぎがトットットッと歩いていく。ご機嫌で、尻尾の先がゆらゆら揺れている。

……ああもう、おはぎは可愛いなぁ！

六層の広場は、残念ながら五層のように川やほかのものはなかった。

残念に思いつつ七層に進んでみると、六層と代わりばえのない景色。ダンジョンの作りは同じみたいだ。

キャンピングカーを召喚して、乗り込んだ。

「んー、このまま先に進む感じで大丈夫かな？」

私は居住スペースから顔を出しているフィフィアに尋ねる。

フィフィアは、このダンジョン内の調査依頼も受けていたはずだ。

「もちろんよ。願ったり叶ったりだわ」

「なら、このまま進んじゃおう！　目指せ最深部＆エリクサー！」

私がえいえいおー！　と気合を入れると、助手席のラウルが苦笑した。

「普通、こんな簡単に未攻略のダンジョンを進むことはできないんだぞ……。本当に優秀な冒険者パーティか、規模によっては軍隊が派遣されることもあるっていうのに」

「そんなに……」

ダンジョンの攻略は、私が思っている何倍も大変だったみたいだ。

ブロロロと軽快にキャンピングカーを走らせて、私たちは七層の一番奥の広場までやってきた。
今日はここで休憩する予定だ。
七層に出てきた魔物は、ワーグ、ディアロス、シルールだった。シルールは、小さな竜巻で、風の妖精みたいな立ち位置の魔物だ。
今回もキャンピングカーで一撃だったのは言うまでもないだろうか。

キャンピングカーから降りて、ぐぐーっと伸びをする。

「よーし、今日は二層分も進んだし……焚き火にしようかな」

私はウキウキ気分で、備蓄していた薪と焚き火台を持ってくる。

もう焚き火作りは慣れたもので、簡単に組み立てて火を熾すところまであっという間だ。

今日は上にフライパンを乗せたいので、キャンプファイヤーっぽい薪の組み方にしてみました。

そしてマイ椅子を持ってきて座ると、至福のひとときだ……。

『にゃう』

「おはぎも一緒にのんびりしよ」

おはぎが私の膝に乗ってきたので、二人でぐだ～っとする。

ラウルとフィフィアはというと、近くを調査している。カーナビで見た限り通り抜けられる道はなかったけれど、念のためだ。

フィフィアは冒険者ギルドへの報告もあるので、石などの素材も少し採取するのだと言っていた。

私も手伝いを申し出たけれど、ずっと運転を任せてたから休んでいるように言われたのだ。

なので、まったり焚き火タイムなのである。

「ゆっくりしたあとは、ご飯かな」

今日は冒険者がお礼にとくれたお米があるので、久しぶりに白米にありつけるのです……!!

「ご飯、ご飯かぁ……何食べようかな」

お米を堪能したいが、いかんせんここはダンジョンの中。

食材が限られるし、仮に卵があってもゲーム世界で食品管理の安全性がわからないまま卵かけご飯などを食べるわけにもいかない。

……日本って、食に関してはかなり恵まれていたよね。

「となると、どんぶり……？　あ、炊き込みご飯なんかもありかも。でも最近は魚が続いてたから、やっぱり肉かなー！」

何を食べるか考えるだけでも、とっても楽しい。

すると、膝の上からゴロロロと喉を鳴らす音が聞こえてきた。

おはぎの寝息だった。

「ずっと一緒に運転席にいてくれたもんね。疲れちゃったよね……」

お米を炊く間は、おはぎと一緒に遊ぼうかなと考えて……もう少しのんびり焚き火タイムを満喫した。

「さてと……」

私はさっそく夕食作りに取り掛かることにした。

ラウルとフィフィアは一度戻ってきたけれど、もう少し周囲を調査してみると再び出かけていった。

おはぎは椅子の上ですやすや気持ちよさそうに寝ている。

まずはお米を鍋に入れて、キャンピングカーのキッチンにセットする。

その間に、隣のＩＨでオニオンスープの準備。それから、メインに使うお肉を切って、一緒に使うニンニクと、彩りを加えるためにパセリも少し。

いつもならこれで夕飯の支度は完了だけれど、今日はデザートも用意する予定だ。

「これは焚き火で仕上げるから、外に持っていっておこう」

私がデザートを椅子の近くに置いたところで、ラウルとフィフィアが戻ってきた。

「あ、おかえり！　二人とも」

「「ただいま」」

何やら手に袋を持っている。

「収穫でもあった？」

私が首を傾げつつ聞いてみると、ラウルが「ドロップアイテムを拾ったんだ」という。

キャンピングカーで倒した魔物のドロップを一々拾うのは手間なので、そのままにしてきている。それを拾ってくれたらしい。

「近くのだけだから、量は少ないけどな。ギルドで買い取ってもらえば、いい値段になると思う」

「お〜〜、それはありがたいね！」

お金があれば調理道具などいろいろなものを揃えることができる。

キャンピングカーもどんどんレベルアップしているので、入り用な物も増えていくだろう。

「もう夕飯か？」

「うん。後はお肉を焼いて仕上げるだけかな？　あ、その前にテーブルも出そうと思ってたんだ。

あった方が食べやすいでしょ？」

「テーブルを持ってくればいいのね」

ラウルの問いに頷いて、テーブルがあった方がいいといったらフィフィアが率先して用意をしてくれた。

焚き火の近くに座って食べるのもいいけれど、品数が多いときはテーブルがあるとありがたいよね。

……次は料理用のサイドテーブルも買いたいところだ。

フィフィアとラウルがテーブルと椅子の準備をしてくれたので、私はキッチンで炊いていたご飯とオニオンスープを持ってきた。

スープはフィフィアがよそってくれるらしいので、お願いする。

私は焚き火の上にフライパンを乗せ、油で熱してから薄く切ったニンニクを入れる。これをカリッとするまで焼きあげたら、次に一口サイズに切ったお肉を入れる。ジュワっといい音と、お肉の焼けるいい香りが一瞬で周囲に広がった。

「は〜、いい匂いだな」

「今日はステーキだよ〜」

「絶対美味いな」

私は手が空いたらしいラウルにお肉をいったん任せて、深皿代わりのフライパンにご飯をよそっていく。

「ラウル、ご飯の上にお肉を乗せて」

「オッケ！」

ご飯の上にお肉を乗せてもらい、カリカリに焼き上げたニンニク、彩にパセリをふる。最後に、ワインとバターをメインで使ったソースを作り、それを回しかけた。

「よし、完成！　ガーリックステーキご飯だよ～」

「おおお、美味そう！」

「いい匂い！」

二人ともテンションが高い。

もちろん、おはぎの鶏肉を用意することも忘れてはいない。

テーブルの上に、ステーキご飯、オニオンスープ、おはぎのご飯が並んだ。

「「「いただきます！」」」

『にゃっ！』

ガーリックステーキご飯は、たれをかけているのでご飯と混ぜて食べると濃厚な味わいになって美味しいんだけど……久しぶりのお米だから、まずはそのままいただきます！

「ん～～～～っ!!」

……っ、久しぶりのご飯美味しすぎる!!

「は～、幸せ……」

私がうっとりするのを見たラウルとフィフィアが、ごくりと息を呑んだ。きっと二人は、ご飯がものすごく美味しいものとしてインプットされてしまっただろう。

二人は私と同じように、まずは白米だけを口に含んだ。

「これがお米、か……？　なんというか、特筆して味がするわけじゃないんだな。不思議な噛み応えだ」

「うーん、ほんのり甘い……？　気もするわね」

ラウルは首を傾げ、「美味くはあるけど」と言っている。

フィフィアは素材の味をしっかり噛みしめているようだ。そう、美味しいご飯はほんのり甘みがあるよね。

私は二人に食べ方のアドバイスをする。

「ステーキのたれをかけてあるから、混ぜて食べてみて。お肉と一緒に食べても美味しいよ」

「あー、確かにほかのものと一緒に食べるのはよさそうだな」

「わかったわ」

ステーキご飯を混ぜて、改めて二人が口に運ぶ。すると、クワッと目を見開いた。

「うっま！」

「美味しい！」

白米だけではいまいちだったけれど、ステーキと一緒だと違ったようだ。満足そうにしている二人に、私の頬も緩む。

「私も混ぜて食べようっと」

ご飯に均一にステーキのたれが混ざるようにして、ステーキ一つと、カリカリのニンニクを一緒

に食べる。

お肉の旨味（うまみ）にニンニクがきいていて、それを白米が優しく包み込んでくれているかのようだ。

「ん〜〜、美味しい……」

はぁん、いくらでも食べられそう。


「「「ごちそうさまでした！」」」

お米にステーキまで堪能して、私は満足じゃ！

——と言いたいところだけれど、今日はデザートも用意している。

私は焚き火の前に置いてある椅子に座って、すぐに作り始めるか悩む。

「ラウル、フィフィア、まだお腹空（なかす）いてる？」

「ん？　少しならっていう感じかな」

「私も少し空いてるくらいよ。どうかしたの？」

ラウルとフィフィアは首を傾げつつも、まだ少しお腹にスペースがあるようだ。なら、デザートくらいは食べられるだろう。

私は「オッケー！」と返事をして、用意していたものを焚き火の上にちょこんと乗せた。

「中身はなんなんだ？」

「できあがってのお楽しみ。すぐにできるから……」

「なんだか、いい匂いがしてきたわ」

フィフィアが焚き火の横で、鼻をふんふんさせている。

少しずつ香ばしい匂いがしてきたので、砂糖が溶けたのだということがわかった。きっと、焼き色もちょうどいいだろう。

私が包み葉を取ってお皿にのせ、葉を開いて中身を確認する。

「ん、いい感じに焼けてる」

「これって、バナナか⁉」

「正解！」

バナナの皮を一面だけ剝いて、そこに砂糖をまぶす。それを包み葉でくるみ、砂糖をまぶした方を下向きにして焚き火の上に置いておいたのだ。

最後に砕いたナッツをアクセントとして載せたら、カリッとナッツのキャラメルバナナのできあがり。

バナナは各自一本ずつ。

私はラウルとフィフィアに「召し上がれ」と渡した。

ラウルはフォークでバナナを一口サイズにして、口に入れる。フィフィアもそれにならい、ラウルより少し小さめに切って口に入れた。

「うわ、これも美味いな……！」

「……‼」

ラウルが笑顔でかぶりついていて、フィフィアは美味しさを噛みしめている。

二人の口に合ったみたいでよかった。

私も一口サイズにして食べると、美味しい焼きバナナが口の中いっぱいに広がった。まぶした砂糖がほどよく焦げているので、香ばしい。

「バナナって、こんなに美味しくなるのね。焼いて食べたのは初めてだわ」

「そのまま食べても美味しいからねぇ」

わざわざバナナを焼く人は、この世界にはあまりいないかもしれない。

以前、リーリシュという果物を焼いたときも驚かれた覚えがある。果物は焼いても美味しいので、ぜひ試してほしいものだ。

「たまにはデザートもいいよね」

「そうね。ダンジョンで食べるっていうのが、また贅沢だわ」

フィフィアがふふっと笑いながらそう告げる。

「確かにそうだな。命のやり取りがあるような場所だし、油断すれば何があるかわからない。……っていうのが、本来のダンジョンだからな……」

「それはそうね。ミザリーなら、どこへ行ってもやっていけるでしょうね」

「……私は気楽に旅をするだけだよ」

どこかに所属するつもりなんて、毛頭ない。

私の声がトーンダウンしたからか、フィフィアはそれ以上追及してはこなかった。

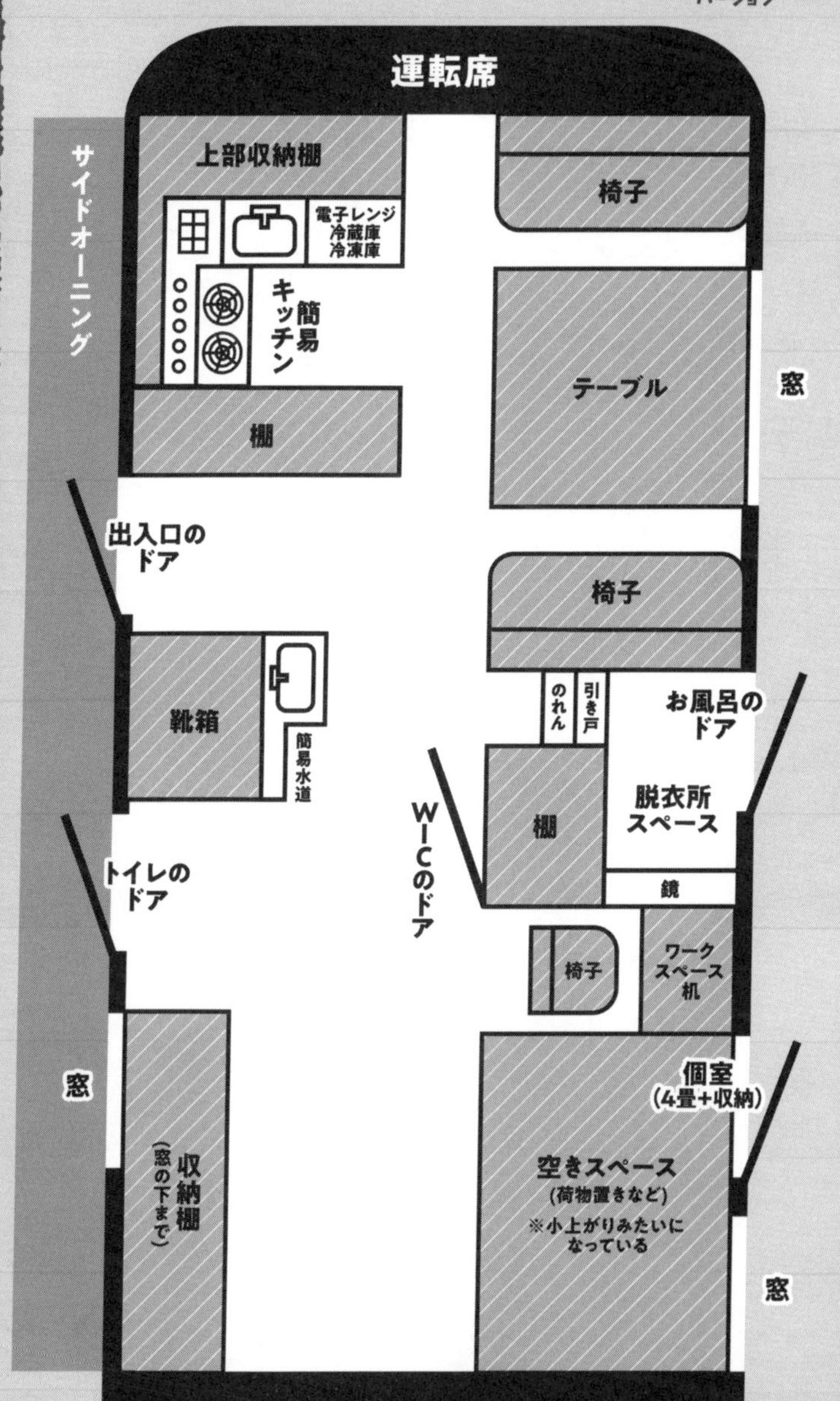

キャンピングカー間取り
Lv16
キャブコンバージョン
運転席
サイドオーニング
上部収納棚
電子レンジ
冷蔵庫
冷凍庫
簡易キッチン
棚
椅子
テーブル
窓
出入口のドア
椅子
靴箱
簡易水道
のれん
引き戸
お風呂のドア
脱衣所スペース
WICのドア
棚
鏡
トイレのドア
椅子
ワークスペース机
個室
(4畳+収納)
窓
収納棚
(窓の下まで)
空きスペース
(荷物置きなど)
※小上がりみたいになっている
窓

お宝ハンター

低層階は狭かったダンジョン内の通路も、奥へ行くにつれ広くなっていった。今では楽にキャンピングカーを飛ばすことができている。

今、私たちがいるのは八層だ。

「まだ下の階層がありそうだね」

私がナビを見ながら告げると、ラウルが頷いた。

「とはいえ、八層は深い方だよ。そろそろ、いいアイテムが入ってる宝箱とかがあるかも」

「宝箱!!」

冒険の醍醐味ではないですか！　と、私のテンションが一気に上がる。

……それに、エリクサーが入ってるかもしれないもんね！

「ちょっとスピードを緩めて、探してみてもいいかな？」

「「もちろん」」

『にゃうっ！』

みんなが快諾してくれたので、宝箱を探すことにした。

のろのろ運転で、わき見運転どんとこいという勢いでキャンピングカーを走らせていく。ほかの通行人や自動車がいないからこそできる技だね。

「あ、あった！」

一番に声をあげたのは、フィフィアだ。

居住スペースから声が聞こえてきたので、窓から外を見ていてくれたのだろう。私たちは急いでキャンピングカーを降りて、宝箱を探す。

「どこどこ？　実物の宝箱！」

私が目を凝らしながらキョロキョロすると、フィフィアが笑いながら「あそこよ」と狭い通路の奥を指さした。

そこはキャンピングカーでは入れない細い通路で、少し歩いた先が行き止まりになっている。その行き止まりに置かれていたのが、宝箱だ。

――宝箱。

ダンジョンで発見されることがあり、中には金銀財宝や貴重なアイテムが入っていることもあれば――役に立たないものが入っていることもあるのだという。

木製ベースにし、金属の枠が付けられた、よく見る普通の宝箱だった。

「わあああ、何が入ってるんだろう」

宝箱は開ける瞬間が一番楽しいよね。

私がウキウキしながら宝箱に手を伸ばすと、ガシッと両肩を掴（つか）まれた。

「「待って!!」」

ラウルとフィフィア、二人の声がピッタリ重なった。

「え、どうしたの？　あ、そうだよね。二人だって宝箱開けたいよね……！　ごめん、私ったら無神経で……」

「「そうじゃない」」

二人の息がピッタリすぎる。

「宝箱は、必ずしも安全じゃないのよ」

「ミミックが擬態してることもあるから、むやみに開けたら危ないんだ」

「ひえっ」

まさかの魔物かもしれないという忠告に、私は光の速さで手をひっこめた。もしミミックだった場合、勝てる気がしない。

「どうやって見分けるの？」

「罠（わな）の解除や、正体を見破れるスキルがあると一番楽なんだけど……」

「でも、擬態を見破るのはなかなか難しいのよね。一応、アイテムは持ってるわ」

「それなら俺も持ってる」

二人同時に見せてくれたのは、小瓶だ。

中には濁った茶色の液体が入っていて、あまり飲みたいとは思えない色だ。

「これを宝箱にかけると、ミミックが擬態しているかどうかわかるのよ」

「へえぇぇ！　便利なアイテム。使ってもいいの？」

「「……もちろん」」

少しの間があってから、フィフィアとラウルの二人が頷いた。

……え？　使ってほしくなさそうなんだけど？

と思っていたが、フィフィアが小瓶を渡してきたので反射的に受け取った。たぶん、使っていいということなんだろう。

私は不思議に思いつつ小瓶の蓋を開け――すべてを察した。


「くっさ‼」


小瓶の中身が、めちゃくちゃ臭かったのだ……‼

確かにこれをかけられたら、魔物といえどひとたまりはないかもしれない。そう考えるとかなり有効なアイテムでは……と、ラウルを見る。

「…………実はそのアイテムを使うと、宝箱の中身にも臭いが移るんだ」

「Ｏｈ……」

その発想は考えてなかった。

「中身がレアな装備だったら、性能はいいのに臭い装備ができあがるってこと？」

私の問いかけに、二人が同時に頷いた。

なるほど、これはよろしくないね。

「どうしよう」

悩むと、おはぎが『シャーッ』と威嚇する声をあげた。見ると、小瓶に向かって警戒心をマックスにしている。

「わあ、ごめん！　おはぎは私たちより鼻がいいもんね」

こんな臭いものを側に置いてしまってすみません……。

『にゃうう……』

「……でも、これだとますます使うわけにはいかないね」

「おはぎには、かなりキツイ臭いだろうからな。やっぱりここは、意を決して開けるしかないのか？」

どうにかいい解決方法はないだろうかと、私たちはうう～んと首を傾げる。

すると、そんな私たちをまったく気にしないかの如くおはぎが『にゃ！』と鳴いて宝箱を開けてしまった。

「……え？　――きゃっ！」

私があっけに取られたような間抜け声を出すのと同時で、ラウルが「危ない！」と私を引き寄せて庇った。

「生身のミザリーじゃ、ミミックには勝てない!!」

緊張したラウルの声を聞いて、私の体がこわばる。

「――大丈夫、ミミックじゃなかったわ」

私が体を縮こませていると、フィフィアの声に力が抜けた。

「中身はポーションね。中級だから、役に立つと思うわ」

「は～～、よかった。ミミックだったらどうしようかって、めちゃめちゃ焦っちゃった」

私がその場にしゃがみ込むと、フィフィアがクスリと笑う。

「みんなが無事でよかったわね。宝箱から出たアイテムは、最後に清算しましょう」

「ん、そうしよう」

頷いて、ひとまずポーションはキャンピングカーに保管しておくことにした。


それから二つほど宝箱を開けて、ポーション類をゲットした。

こんなにポーションばっかりなのも珍しいらしいと教えてもらい、私の中でエリクサーの期待値がどんどん上昇中だ。

鼻歌交じりで進めていくと、前方に宝箱を発見した！

「見つけた！」

「お、本当だ」

今までの宝箱はラウルとフィフィアの二人が発見していたので、自分で発見できたのがとても嬉(うれ)

しい。

「よーし、さっそく開けよう！」

「ああ」

「そうしましょう！」

『にゃっ』

キャンピングカーから降りて、私が見つけた宝箱をじっと見つめる。

今回見つけたどの宝箱よりも大きい気がするんだけど、どうだろう？　もしかしたら、すごいお宝が入ってるかもしれない。

私が宝箱に近づいていくと、おはぎが『にゃっ！』と一際大きな声を出した。

「おはぎ？　どうしたの、いつもはそんな声あげないじゃない」

私は不思議に思いつつも宝箱に手を伸ばすと、今度はだっとこちらに走ってきた。

『シャーッ!!』

猫の威嚇だ。

「え、え、え、どうしちゃったのおはぎ」

突然のこと驚いていると、ラウルが「わかったかも……」と呟いた。

「もしかして、ミミックなんじゃないのか……？」

「「えっ!?」」

ラウルの言葉に、私とフィフィアの驚いた声が重なる。

「ってことは何、おはぎは今までの宝箱はミミックじゃないってわかっていたということ？　どうしてわかるのかしら。魔物特有の匂い？　だとすると、私たちが真似することはできないわね」

「待って待って、フィフィア！　考察もいいけど、まずはミミックをどうするかが先じゃないの⁉」

「そういえばそうね」

　フィフィアはくるりと踵を返し、キャンピングカーのドアに手をかけた。

「ミミックなら、キャンピングカーで倒したらいいのよ」

「あ、なるほど」

　本物の宝箱をキャンピングカーで轢いたら中身は駄目になってしまうけれど、ミミックならむしろ都合がいいといえる。


　急いでキャンピングカーに乗り込むと、私はアクセルを踏みつつ助手席のラウルに話しかける。

「あれって本当にミミックだよね？　実は宝箱で、中に重大な何かが入ってるんじゃ……」

　轢いてしまって本当に大丈夫だろうか？　と、不安が頭をよぎるのだ。

「俺はスキルも何もないから、ミミックかどうかはわからない。でも、おはぎを信じてやったらいいんじゃないか？　ミザリーとおはぎの信頼感は、とびきりだろ？」

『にゃっ！』

　ラウルの言葉とおはぎの返事を聞いて、私はそうだった――と自分の手でほっぺたに気合を入れた。

「私が一番おはぎを信じてるのに！」

迷う必要はない。おはぎを信じる！　それが全てだ!!

私が一気にアクセルを踏んで宝箱に当たると、ぐわっと開いて中から大きな舌が飛び出してきた。

宝箱ではなく、ミミックだった！

ミミックをキャンピングカーで倒すのと同時に、《ピロン♪》とレベルアップの音も響いた。

「わ、ミミック倒してレベルアップだ！」

やっぱりスキル……キャンピングカーを使って魔物を倒しているのが大きいみたいだ。走行距離だけだとばかり思っていたので、助かるね。

ただ、やはりというかなんというか……段々レベルアップのペースは落ちてきたので、上がりづらくなってきたのだろうと思う。

「「おめでとう」」

『にゃぁんっ！』

「ありがとう！　さっそくチェックしてみるね」

次はどんなとんでもないレベルアップをしたのだろうとドキドキしながら操作をする。

《レベルアップしました。現在レベル17》

レベル17　食洗機追加

「うわ、またすごいものが来てしまった……」

「何が来たんだ？」

「わっ、キッチンが変化してる!!」

居住スペースにいたフィフィアがすぐに気づいてくれて、ラウルは「またキッチンか！」と言ってワクワク顔で居住スペースへ向かう。

……なんだかんだで、ラウルもレベルアップを楽しみにしてくれてるんだよね。

実はそれが嬉しい。


私もキッチンに行くと、シンクの左手側に食洗機が設置されていた。フロントオープンタイプで、大容量だ。

食器だけではなく、フライパンも洗えそうなほど大きい。

ラウルとフィフィアはまったく見たことがないからか、不思議そうにしている。確かに、これだけ見ても何をするものかわからないよね。

私はお皿とフライパンを取り出して、食洗機に入れて見せた。

「ここに入れて、このボタンを押すと洗ってくれるんだよ」

「へえ、便利ね」

「まじか!!」

私の説明をフィフィアはさらりと流したが、さすが料理男子のラウルは食いつきがいいね。洗い物の大変さをとても理解している。

「今は洗い物がないから、次の機会にちゃんと説明するね」

「わかった。実際使うのが楽しみだ」

今回のレベルアップは食洗機だけだったので、これで終わりだ。


私は運転席に戻り、次の階層に向けて走り出した。

それから休憩をはさんで翌日の夜、ついにやってきた。

『目的地に到着したので、道案内を終了します』


ナビの終了の合図を聞きながら、私は前を見る。

「ここが九層の終着点か」

「次は十層ね」

『にゃう』

ラウルたちの言葉に、私は頷く。

八層と九層の魔物もなんなく倒すことができ、本当に順調にここまで来てしまったのだ。

私たちはキャンピングカーを降りて、ぐぐーっと伸びをして凝り固まった体をほぐす。

周囲を見回した感じ、ここも五層のような川はないみたいだ。もしかして、五の倍数のときだけ何かあるのかもしれない。

そんなことを考えながら階段の方に目をやると、今までと違った。

「あの階段、わずかに光ってる……？」

「え？　本当だ、光ってるな。階段の素材に、光る石が混ざってるんだと思う」

「一〇層が最下層なのかもしれないわ。特に八層からは、魔物の強さもぐっと上がったもの」

ラウルに続いたフィフィアの言葉に、私は息を呑んだ。

「この先が、最下層――」

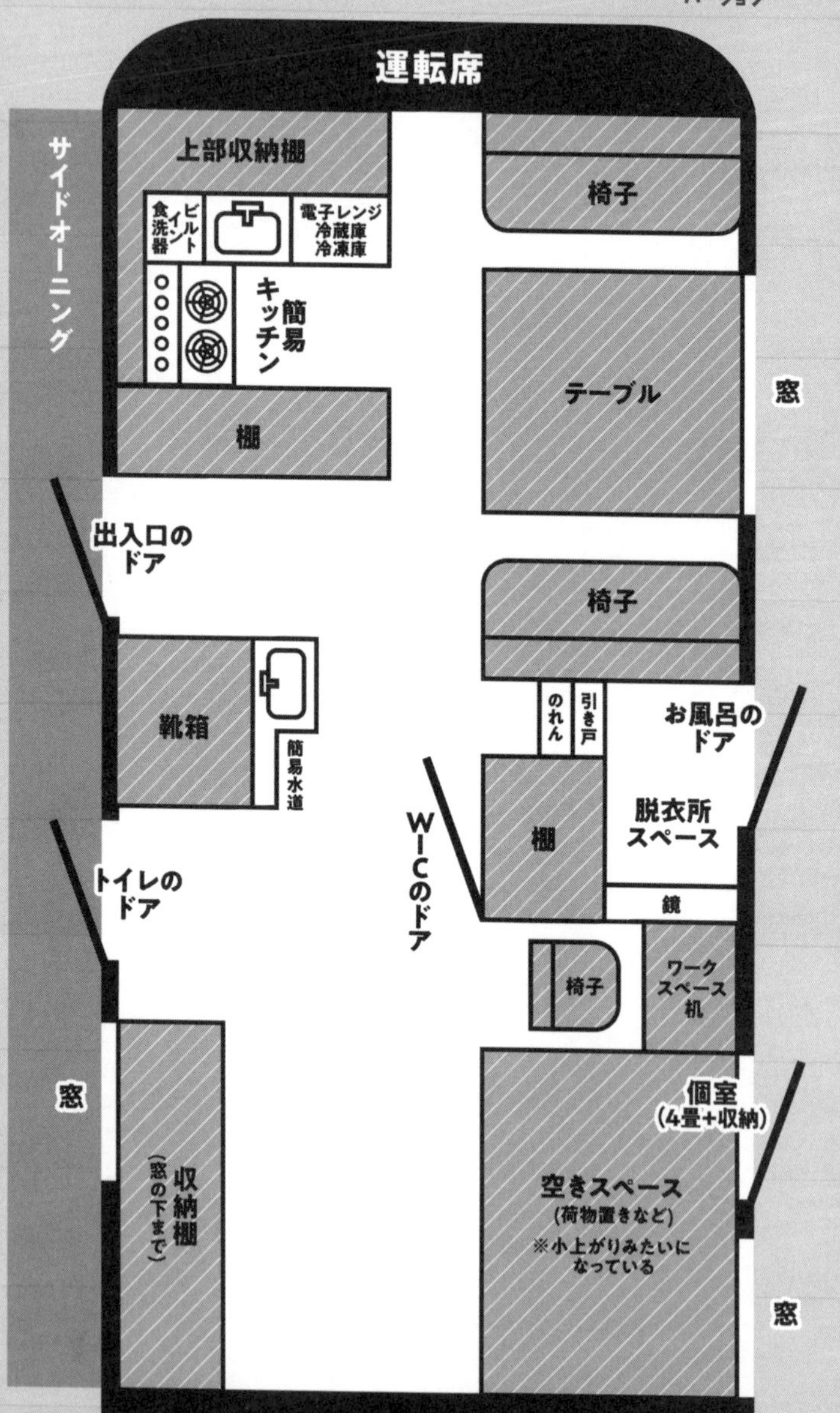
キャンピングカー間取り
Lv17
キャブコン
バージョン
運転席
サイドオーニング
上部収納棚
食洗器
ビルトイン
電子レンジ
冷蔵庫
冷凍庫
簡易キッチン
棚
椅子
テーブル
窓
出入口のドア
椅子
靴箱
簡易水道
のれん
引き戸
お風呂のドア
WICのドア
棚
脱衣所スペース
鏡
トイレのドア
椅子
ワークスペース机
個室
(4畳+収納)
窓
収納棚
(窓の下まで)
空きスペース
(荷物置きなど)
※小上がりみたいになっている
窓

最深部

今日は九層の広場で休み、明日になったら一〇層に——そう思っていたけれど、次が最深部かもしれないと言われたら、気になってしまって仕方がない。

……この先に、エリクサーがあるかもしれない。

知らず知らずのうちに、私の喉が鳴る。

「す、少しだけ様子を見てみるのはどう？　攻略は明日にしていいけど、気になる」

私がそう提案すると、ラウルとフィフィアも頷いた。

二人とも、この先がどうなっているのか気になっているのだろう。

「おはぎ、絶対に私から離れないでね。肩に乗ってて」

『にゃ！』

おはぎを見ながら自分の肩をとんと叩くと、おはぎが軽やかに飛び乗ってきた。この仕草だけでわかってくれるのだから、おはぎは賢い。

まずはフィフィアが先頭を歩き、その後ろを私とラウルが並んでついていく。

今までは一直線の階段だったけれど、今回は螺旋階段だ。材質も、階段の形状も、今までとは違う。

ただ、階段自体はそんなに長くはなかった。

「ここが、最深部……？」

降り立った場所は、雰囲気こそ今までと同じだったけれど——天井までの空間が高い。

そして一番違う点は、今までの迷路のような通路ではなくなっていたことだ。

見渡した先には大きな神殿のようなものが見え、道こそあるが、壁などはない。今は神殿の庭に立っているような感覚だ。

「もしかしたら、あそこに精霊がいるのかもしれない」

「——！　精霊なら、エリクサーのことも知ってるかな」

「本当に精霊がいて、意志疎通ができるなら……聞いてみる価値はあると思うわ」

フィフィアの呟きに私が問いかけると、頷いてくれた。

「一度戻って明日攻略って思ったけど……」

「こんなすごい場所じゃ、行きたくなるよな……！」

「だよね……！」

私がうずうずっとすると、目を輝かせたラウルが賛成してくれた。やはり冒険者たるもの、目の前に未知のものがあれば行きたくなるよね……！

「じゃあ、今から——」

「駄目よ！」

すぐに行こうそうしようと思ったのだが、フィフィアからストップがかかってしまった。なぜ。

「キャンピングカーの移動で疲れが少ないとはいえ、日中活動してたことに変わりはないわ。今日はきちんと睡眠をとって、攻略は明日にした方がいいわ」

さすがはBランクのソロ冒険者だ。

私とラウルは頷いて、フィフィアの意見に賛成した。

そして翌日。
しっかり眠れはしたけれど、いつもより早めに目が覚めてしまった。
それはラウルとフィフィアも同じだったようで、私より先に起きて朝食の準備をしてくれていた。
……二人はちゃんと寝れたんだろうか？

朝食を終えた私たちはさっそく一〇層に移動した。

この階層は、今までにないくらい広く壮大だ。

先には神殿のような建物があって、ダンジョンのボス——この場合は精霊になるのかな？　が、いると思わせるのにちょうどいい。


私たちはすぐキャンピングカーに乗り込んで、いつものようにカーナビを確認する。地形と魔物のいる場所がわかるので、かなり重宝するのだ。

「……って、あれ？　この階層、魔物がいないみたいだよ？」

「え、そんなことあるのか？」

「なら、中心にある神殿のような建物に行ってみるしかないわね。何かあるなら、絶対にあそこでしょうし」

私の言葉にラウルが驚き、フィフィアは行ってみようと提案してきた。今はそうするしかないので、私は頷いてアクセルを踏んだ。

地図を拡大して、何かないか注意しながら進んでいく。

最初に遠目から見て庭だと思った場所だが、よく見れば植物が枯れていた。寂れたような雰囲気は、あまりいいものではない。

……あの建物に、やばい魔物でもいたらどうしよう。

ついさっきまではワクワクしていたのに、そんなことを考えて思わず体が震える。

ラウルが窓の外を見て、ふうとため息をついた。

「どうしたの、ラウル」

「宝箱がまったく見当たらないなと思って」

「この階層にある宝箱なら、すごいものが入ってそうだよね」

エリクサーもダンジョンの宝箱に入っている説があるので、私たちはそれを目当てにここへ来ているのだ。

……って、私も真剣に宝箱を探さなきゃだ！

とはいっても、まっすぐ前を見て運転していた限りでは……私も見ていない。

道が分かれていた場合も反対側を目視で確認しているし、通った道であれば見逃す可能性は低いだろう。

私たちがそんな話をしていると、「見当たらないわね」とフィフィアが言う。

今回見つからなかったのは、次の目的地まで一直線で進んだからというのもあるだろう。宝箱は、行き止まりや小部屋に設置されていることが多い……気がする。

『目的地に到着したので、道案内を終了します』

――！

私たちが喋（しゃべ）っている間に、気づけば目的地――中央の神殿に到着したようで、ナビが終了を告げた。

「あの神殿に何か手掛かりがあれば――あれ？　魔物だ」

「！　どこだ⁉」

私の声に、すぐさまラウルが身構えた。

「ナビに魔物を示す青丸がある。……さっきまではなかったのに」

「位置は？」

「あの神殿、階段を上った先にある入り口のところなんだけど……」

「特に魔物の姿はないわね」

「……どういうことだ？」

もしかしたら、神殿の内部から魔物が出てきたのかもしれないと思ったが……特に魔物の姿はない。

入り口にあるものといえば、扉の左右にあるガーゴイルの石像くらいで——

「あ、そうか！　魔物が石像に擬態してるんだ‼」

「ガーゴイルってこと⁉　珍しい魔物で、滅多なことでは姿を見せないと言われてるのよ」

「つまり、よほど重要ってことだな」

神殿に続く長い階段をキャンピングカーで上ることはできないので、外に出た。

「た、倒せるの？　というか、襲いかかってくるのかな？」

私がドキドキしながら告げると、フィフィアが頷いた。

「おそらく、神殿への侵入者を排除しようとするはずよ。だけど、私たちは目的があるもの。ここで帰るわけにはいかないわ」

「俺は左腕があんまり動かないから、一匹相手にできるかもわからない……」

「私がフォローするわ」

フィフィアは戦う気満々だ。

ラウルは消極的ではあるけれど、強い瞳に逃げるという選択肢がないことはわかる。私も月桂樹(げっけいじゅ)

の短剣を手に取り、軽く深呼吸をして体を落ち着かせた。

「――行きましょう」

「うん！」

「応！」

私たちはガーゴイルを見ながら、神殿の階段を慎重に上っていく。

……今のところ反応はない。

「すごい景色だな。本当にこれがダンジョンの中なのか？　こんなすごいダンジョン、初めてだ」

ふいに発せられたラウルの言葉に、私も階段の途中から景色を見る。

高い建物がないため、神殿の枯れた庭がよく見える。

……確かにすごいけど、美しい光景ではないね。

それが少し寂しい。

私たちは地理を把握するため、しばらく景色を眺めた。

「そろそろ行きましょう。どこでガーゴイルが動き出すかわからないから、気を抜かないようにね」

「「わかった」」

フィフィアの声に頷き、私たちは再び階段を上り始めた。

のだけれど――階段が終わり扉の前に到着したが、ガーゴイルは動く気配を見せない。

「え、もしかして魔物じゃなくて本当に石像だったとか？」

気になるが、もしかしたら触ることで動き出す仕掛けかもしれない。

「キャンピングカーのナビでも魔物の印がついてたから、石像ってことはないと思うわ。きっと、発動条件があるのね」

冷静に分析したフィフィアは、「位置を見る限り、扉ね」と言う。

確かにそれは私も怪しいと思ってましたよ……！

フィフィアはぐっと剣を握りしめ、私たちの方を見た。

「いい？　ドアに手をかけるわよ」

「おっけぇ……！」

「……ああ！」

私とラウルが頷いたのを見ると、フィフィアが扉に手を触れた。すると、石像の目が赤く光った。

――やっぱりガーゴイルだった!!

フィフィアとラウルがすぐさま扉の左右に跳び、一体ずつガーゴイルを受け持った。体が石像だから、きっと一撃が重いはずだ。

私にも何かできればいいのだが――大きく翼を広げ、魔法の矢を放ってくるガーゴイルを私が相手にできるとは思えない。

どうにかして応援を！

私がそう思った瞬間、ラウルの振るった剣がビュンッと風を切り裂くような音を立てた。

「すごい、ラウル！」

「え――!?」

「……っ、私も体が軽い！」

しかし、当のラウル本人が自分の剣捌き（さば）に一番驚いているみたいだ。そのままガーゴイルの翼を一枚切り落とした。

フィフィアもいつも以上に体が軽いみたいで、よく動いている。

フィフィアは何度か確かめるようにジャンプしたあと、ガーゴイルとの距離を一気に詰めて真っ二つに切り裂いて見せた。

「え、すご……」

あっという間にガーゴイルを倒してしまった。

私はといえば、開いた口が塞がらないとはまさにこのことだろうか。

二匹のガーゴイルは光の粒子になって消えた。

残ったドロップアイテムは、魔鉄だ。

ラウルが魔鉄を拾い、それをいったん鞄（かばん）にしまった。そして剣を握った自分の手をじっと見つめている。

「なんだか、自分の身体じゃなかったみたいだ」

呟いたラウルに、私も同意する。

「いつもよりめちゃくちゃ速かった！」

ラウルは自分の動きに感動しているみたいだ。

「でも、なんで急に動きがよくなったんだろう？　秘密の特訓をしたとか？」

「いやぁ……？」

私が聞くも、ラウルには心当たりがないらしい。

すると、フィフィアが「わかったわ！」と私を見た。

「きっと、ミザリーのスキルで魔物を倒しながら来たからよ。私たちにも、その恩恵があったんだと思うわ」

「あ、なるほどな。自分で戦ったわけじゃなかったから、その実感が薄かったのか」

あっさりとフィフィアが謎を解決してしまった。

私がキャンピングカーで倒した魔物の経験値が、二人に分配されていたということらしい。

キャンピングカーがこれだけすごくなったのだから、経験値を分配されていた二人が弱いままなわけがないね。

……ということは、もしかして私もレベルアップしてる？

なんてことを考えて、にょっと笑ってしまう。


このゲーム世界では、個々人がパーティと認識した状態で一緒に戦闘すると経験値が分配される仕組みになっている。

ただ目に見えて上がるのはスキルレベルだけで、純粋なレベルというものは存在しない。

戦闘をした経験で強くはなるが、それがレベルという形で視認することができない、ということだ。

レベルがないのは……この世界が元々乙女ゲームなので、レベルなどの戦闘要素はそこまで必要ないと考えたからかもしれない。


フィフィアは額を拭い、私とおはぎとラウルを見た。

「怪我(けが)はない？　なければ、扉を開けるわ」

「――！　私はもちろん大丈夫」

「俺も問題ない」

『にゃっ』

全員の意思を確認し、フィフィアが神殿の扉を開いた。


ギイィ……という音とともに開いた扉は、かなり立て付けが悪くなっているようだ。

遠目で見た神殿は薄青色で神秘的だと思っていたが、近くで見ると所々薄汚れていて劣化が目立つ。

昔はきっと美しかったのだろうと思う。

警戒しつつ中に入った途端、『誰ですか？』という声が響いた。

神殿の天井は高く、声がよく通る。

フィフィアとラウルがすぐさま戦闘態勢を取ったのを見て、私も慌てて短剣を構えた。

「何者⁉」

「この階層には、俺たち以外いないはずだ」

「……うん」

声を張り上げたフィフィアの後ろで、私とラウルはこそこそ喋る。

すると、声の主から返事があった。


『ここは私の家です。勝手に入ることは許しません』


――私の家。

つまり、声の主はこの神殿の主ということだ。

ということは、このダンジョンのボス――精霊ということではないだろうか。

「え、精霊……？」

『……あなた、私を知っているのですか？』

私がぼそっと呟いた声は聞こえていたようで、質問が返ってきてしまった。

ここに精霊がいると言ったのはフィフィアなんだけど……。そう思いフィフィアを見ると、頷いた。

どうやら返事をしてくれるみたいだ。

「私はエルフのフィフィアです。ここが精霊様のダンジョンであるということを知り、お会いしたくてやってきました」

『――！　エルフ、あなたはエルフなのですね！』

「は、はい」

警戒していた様子の精霊の声が、ぱあっと明るいものになった。

……精霊とエルフは、やっぱり良好な関係みたいだね。

次の瞬間、私たちの目の前がぱっと明るくなり――精霊が姿を現していた。

精霊の姿は手のひらサイズと小さく、周囲にはふわふわした光が浮いている。

金色に輝く緩やかなウェーブがかったロングヘア。薄い水色の瞳は穏やかで、まさに絶世の美女という言葉が相応しい。

額には金色のサークレットがあしらわれ、薄水色の宝石のネックレスと装飾のチェーンも同じ金色で合わせてある。ふんだんにレースを使った白いドレスが、より精霊を神秘的な存在に見せているのだろう。

『エルフに会ったのなんて、何年ぶりかしら』

「……っ、お会いできて光栄です。精霊様」

フィフィアが跪いたのを見て、慌てて私とラウルもそれに倣う。失礼があって、怒らせてしまっては大変だ。

しかし精霊はあっけらかんと笑う。

『そんなに畏まらなくていいですよ。ここにずっと一人でいるのも退屈でしたから、来てくれて嬉しいわ！』

「ありがとうございます」

フィフィアが立ち上がったので、私たちもそれに続く。

……よかった、何事もなくて。

なんて思ったのは、一瞬だった。

『あ、でも……ダンジョンを攻略しに来たのでしょうか？　私を倒すために……』

「……っ‼」

精霊がこの場所――ダンジョンの意味を思い出し、途端に殺気を見せた。

小さな体だというのに、その威圧はすさまじい。これがお伽噺になるような、精霊という存在なのか。

本来ならば、短剣を構えるべき。

だけど体が動かない。

これが本当の威圧なのかと、息を呑むしかできない。

「……っは、あ」

『私のダンジョンを侵害する者は――』

『にゃう』

『……って、猫？』

精霊の言葉を遮って、私の肩に乗っていたおはぎが鳴いた。

すると、おはぎの声に気が抜けたのか精霊の威圧がなくなって体が動くようになった。

その隙を逃すまいと、フィフィアが早口で言葉を発する。

「私たちはダンジョンを踏破しに来たのではなく、精霊様にお会いしに来たのです！」

『――私に？』

精霊が興味本位でおはぎに手を伸ばそうとしていたが、それより早くフィフィアが声をあげた。

私もすかさずそれに便乗する。

「私たちは、エリクサーを求めてダンジョンに来ました！　精霊様を害するつもりはありません!!」

自分たちは決して精霊の敵ではないと主張する。

でなければ、いつ攻撃されるかわからない。単なる威圧だけであの威力だったのに、攻撃されたらいったいどうなってしまうのか。

考えただけで恐ろしい。

精霊は私たちをじっと見る。

『エルフのあなたは、私に会いに来たのね』

「はい。……不躾ながら、お願いがあって参りました」

『……何かしら』

「私は、聖樹の苗がほしくて参りました。今、エルフの村に聖樹はありません。精霊様のお力を得ることはできますでしょうか？」

精霊に会い、聖樹の苗をもらう。

これはフィフィアがこのダンジョンをずっと攻略している理由だ。

『そうでしたか……。以前、エルフに差し上げた聖樹はもうないのですね』

残念ですと、精霊がそう言った気がした。

精霊は次に私とラウルを見た。

『あなたはエリクサー、あなたは？』

「あ、俺が怪我をしていて……それを治すためにエリクサーがほしくてここまで来たんです」

『なるほど。彼女の願いと一緒なのですね』

精霊はラウルの説明に納得し、口元に指をあてて考えるそぶりを見せた。

すぐに不可能と言わないところを見ると、どちらも可能なのかもしれない。

『いいでしょう。あなたたちの願いを叶えます』

「本当ですか⁉」

——やった、これでラウルの腕が治る‼

私がわっと喜びを顕わにすると、『ですが』と精霊が言葉を続けた。

『探し物をしてもらいます』

「……探し物、ですか？」

どうやら交換条件があるようだ。

『この階層のどこかにある、命の雫を探してください』

私たちに課せられたのは、探し物だった。

命の雫というものは初めて聞く名前なので、どんなものかわからない。

「それはどんなものでしょうか？　大きさや形状などを教えてほしいです」

すぐにフィフィアが詳細を尋ねた。

『指輪です。いつも私がつけていたのですが、なくしてしまって……』

――いつも精霊がつけていた指輪。

「精霊様の大切な指輪ですね。必ずや、私たちが探し出してみせます!!」

「ちょ、待て……っ！」

ラウルが止めようとしたのだが、フィフィアが何の相談もなく決めてしまった。

……いや、エリクサーを手に入れるためには受けなければいけないのなら、これでよかった……のかな？

私がそんなことを考えていると、ラウルが小声で「どうするつもりだ！」と悲惨な声をあげる。

「指輪なんて元から小さいのに、あの精霊――様がつけてるサイズの指輪だろ？　そんなの、探すなんて不可能だろ……!!」

「あぁ……っ！」

ラウルに言われて、フィフィアはこれが大変な難題だということに気づいたらしい。普段は冷静沈着なフィフィアがこんなに勢いで行動するのも珍しいね。

「指輪、ものすごく小さい指輪……」

フィフィアはちらりと精霊を見て「ゴマ粒大……？」と涙目になりかけている。

「確かにそれくらい小さいかもしれないね」

私がそう言って苦笑すると、フィフィアはがくりと項垂れた。

『よろしくお願いしますね。私は、上の部屋で待っていますから……』

精霊はそれだけ言うと消えてしまった。

「まじか……。どうするんだ？　でも、見つけたら俺たちの願いが叶うってことでもあるよな。とりあえず探してみようぜ」

ラウルが這いつくばるように床を見始めると、「そうですね」とフィフィアも同じように膝をついて指輪を探し始めた。

フィフィアは知らないとしても、ラウルは忘れているようだ。

「ここは私の出番じゃない？」

『にゃ？』

「「――？」」

私が不敵に微笑んでみせると、みんなが頭の上にクエスチョンマークを浮かべた。

「この神殿が広くてよかった。キャンピングカー召喚！」

「ちょっ！　こんなとこで召喚って――そうか、鑑定か!!」

「ビンゴ！」

ラウルは私が何をしたいか、すぐに察してくれたようだ。

私はおはぎを連れてキャンピングカーに乗り込み、インパネを操作して鑑定を使う。すると、ライトを当てた対象の名前が浮かんでくるのだ。


〈柱〉神殿を支える柱。劣化している。

〈壁の欠片（かけら）〉神殿の壁が崩れた残骸。

〈階段〉上層階に続く道。


「ここら辺にはなさそう。少し動かすから、違う場所を見てみよう」

「なら、あそこの部屋のドアを開けるわ」

フィフィアが近くの部屋のドアノブに手をかけ開けようとすると、精霊が再度姿を現した。

『おそらく、その部屋に指輪はありません』

「え？　そうなのですか……？」

突然の制止にフィフィアは戸惑うが、素直に頷いている。それを見た精霊は、胸をほっと撫（な）で下ろしてたが――すでにドアノブに手をかけてしまっていたせいで、ドアが開いてしまった。

……建物自体が古いから、ドアも開きやすくなってたみたい。

「あ、すみません」

フィフィアが「ここにはないのですよね」とドアを閉めようとしたが、それより早く私の目に膨大な鑑定結果が見えてしまった。

同時に視界の片隅で、精霊がピシリと固まった。


〈紙屑（かみくず）〉ゴミ。

〈馬のおもちゃ〉使い古した木のおもちゃ。

〈本〉絵本。

〈紙屑〉ゴミ。

〈コップ〉コップ。ひびが入っている。

〈箱〉木箱。

〈お皿〉陶器の皿。汚れている。

〈草〉枯れている。

〈花瓶〉割れかけている。


――汚部屋だ。


部屋は応接室なのか、テーブルとソファがある。

しかし床を埋め尽くさんばかりに物が落ちていて、ゆっくりできそうなのはソファの一部だけ。

汚部屋では生ぬるいかもしれない。樹海――腐海だ。

「うわっ、なんだこの部屋……すげえな」

「鑑定があったとしても、これはひどい」

『開けないでって言ったのに～～～～～～!!』

精霊が大声で叫び、『最低よ！　私は偉い精霊なのよ！　なんで言うこと一つ聞けないの⁉』とまくし立ててきた。

……さっきまでの態度は猫かぶりで、これが精霊の素だったようだ。

「す、すみません……」

フィフィアが謝っているが、私はこの部屋に指輪があると確信めいたものを感じてしまった。

この文字を全部読むのは大変そうだけれど、私はラウルのためにエリクサーを手に入れると決めたのだから、これくらいではへこたれない！

やるぞ～！　と、気合を入れ直した。


『どうせ指輪を見つけるのなんて無理でしょう？　ほら、とっとと帰ったらどう？』

汚部屋を見られた精霊はやさぐれてしまったらしい。

そんな精霊の様子を見て、私は苦笑する。

「もう見つけたから大丈夫ですよ」

『無理だって泣いても――えっ、見つけたの⁉　嘘⁉』

私が命の雫、もとい指輪を差し出すと、ものすごい速さで精霊が飛んできた。指輪を摑んで、『本当だわ！』と衝撃を受けている。

「精霊様の指輪が見つかってよかったです」

「大切なものだったんですよね？」

そう言って、フィフィアとラウルが微笑む。

しかしその笑顔の裏では、整理整頓をしておけばこんな事態にならなかったのでは？　と思っているに違いない。

『……確かに本物の指輪だわ』

「よかったです」

鑑定ライトが見つけてくれたので、偽物のはずがない。

私が安堵で胸を撫で下ろすと、みるみるうちに精霊の眉が下がって悲惨な表情になってしまった。

え、どうしたのいったい？

『……聖樹の苗は、あげられないわ』

「――！」

「え、それだと約束が違います！」

突然の精霊の言葉に、私は慌てて反論する。

聖樹の苗とエリクサーをくれるから、この指輪を見つけ出したのだ。なのに、聖樹の苗をあげませんでは私たちの働き損だ。

怒りを顕わにする私と違い、フィフィアは冷静だった。

「精霊様、どうか理由をお聞かせくださいませんか？　私がお力になれることでしたら、協力いたします」

『エルフ……あなた、いい子なのね』

フィフィアの声を聞いた精霊はぶわっと涙ぐみ、ぽつりぽつりと理由を話してくれた。

『私は、生まれ変わったばかりの精霊なの。精霊は何百年かに一回の周期で生まれ変わるんだけど、そのとき今まで力を蓄えた指輪を持って生まれるの』

「それが先ほどの指輪なんですね」

『そうよ』

精霊はフィフィアの言葉に頷き、話を続ける。

『だけど私はずっと指輪をなくしてて……力が万全じゃないの』

「そうだったのですか……。指輪の力は、もう完全には戻らないのですか？」

『ええと……しばらくつけてれば力が戻るけど、どのくらいの期間かはわからないわね』

だから数日かもしれないし、数年……数百年かもしれない。

聖樹の苗は、精霊の力が完全に回復しなければ用意することができないようだ。

精霊の目から涙がはらはら零れ、『ごめんなさい』と言う。

「大丈夫です、精霊様。私はエルフですから、長寿です。精霊様のお力が戻るまで、お側においていただけませんか？」

『え……いいの？』

「もちろんです」

フィフィアと精霊の間で、とんとん拍子に話が決まっていく。

ラウルが二人の話の邪魔にならないよう、私に小声で話しかけてきた。

「フィフィアはここに残るつもりみたいだな」

「……そうだね。だけど、フィフィアと精霊様の関係を考えると、それもいいのかもしれないね」

「そうだな」

ここが危険な場所であれば、私も一言物申したかもしれない。

が、ここは安全そうだし、フィフィアも満足そうな表情をしている。今後、エルフと精霊が絆(きずな)を再び繋(つな)いでいくのにはちょうどいいだろう。

『ありがとう～～』

精霊は感動したのか、ついに号泣してしまった。

それをフィフィアがハンカチで拭っている。なんだか微笑ましい光景だ。

「あ、精霊様！　エリクサーは大丈夫そうですか⁉」

エリクサーもいつになるかわかりませんでは、かなり困る。

私がソワソワしながら答えを待っていると、精霊は『あ、そうだったわね』と言う。忘れられていたらしい。

『エリクサーは、私たち精霊の涙のことよ』

「「「……⁉」」」

衝撃の事実に、私たち全員は目を見開いた。

伝説級の回復薬エリクサーが、まさかの精霊の涙だったとは……！

しかしその事実を知り、はたとする。

もしかして地面やフィフィアのハンカチに吸収されていってるそれ、エリクサーではないでしょうか？

「精霊様、さっきからめちゃくちゃ泣いてますよね？」

思わず顔がにこやかになってしまう。

『そうね、エリクサーよ』

「わあぁあぁあぁ、ラウル、腕、うでぇぇぇぇ!!」

「お、おう!!」

リアルタイムで流れ落ちる涙を瓶やら鍋やらに集めている時間はない。すぐさま精霊が泣いている下に、ラウルが左腕を差し出した。

『左腕を怪我していたのね』

「……はい。上手く動かせなくて。それで、エリクサーを探しにこのダンジョンに来たんです」

精霊の質問にラウルが答える間に、数滴の涙が腕へ落ちた。

涙がラウルの腕に触れると、まばゆく光る。きっとこれが治癒の光なんだろう。周囲まで温かくなるような、そんな光だ。

しばらくすると、光が止んだ。

『これで、あなたの腕は治ったはずよ』

「――本当だ、動く。……っ、動きます！　ありがとうございます、精霊様!!」

『……指輪を探してもらったもの。これくらい、当然よ』

精霊はラウルの腕が治ったのを見て、嬉しそうに微笑んでいる。

次にラウルは私の前にやってきた。

腕が治ったというアピールのためか、単純に嬉しいだけなのか、ラウルはブンブン腕を回したりしている。

「治ったぞ、ミザリー！　ミザリーが一緒にダンジョンに来てくれたからだ。本当にありがとう。いくら感謝してもしきれないし、返せないほど恩がでかいな」

ははは と涙ぐみながら笑うラウルを見て、思わず私はしゃくりあげた。

「……あれ？」

頬に温かいものが伝って、自分が泣いていることに気づく。

そして自分でも驚いてしまったのだが、私はそのままラウルに抱きついた。

「よかった、よかったよおぉぉ～！」

気付けば涙はぼろぼろで、何度も「よかった」とラウルの無事を喜んだ。

ラウル完全復活！　〜丸ごとローストチキン〜

命の雫は、精霊にとって命の次に大切なものだ。

本来ならばなくすことはあり得ないのだけれど……まあ、稀に整理整頓が壊滅的に苦手な精霊も誕生するのだろう。

『また、命の雫をこの手にできるとは――』

精霊が左手の中指にはめると、精霊の足元から世界の色が変わった。

「「――!?」」

『にゃにゃっ!?』


薄青だった神殿の床や壁は、薄青に白金が加わったような色に。

さらには劣化していた建物がものすごい勢いで修繕されていき、欠けた壁やヒビなどがみるみるうちに元に戻っていく。

それは扉の外にも続いていって、私は思わず後を追う。

扉の外に出ると、あふれ出た光が枯れた草花を復活させていた。

まるで奇跡の魔法だ。

「うわ、あ……すごい」

感動して言葉にならない。

光が端の壁まで行くと、今度は壁を登って天井へ行った。そのまま中心――私たちがいる場所に、天井の光が戻ってこようとしている。

光が星になって降りそそぐ、そう思った瞬間――ぱあっと天井の中心が芽吹いた。

「え？　どういう――あ、あれって、聖樹？」

天井の中心から木が生えてきた。

あっという間に成長し、葉をキラキラと輝かせている。大きさは、一般的な街路樹と同じくらいだろうか。

……成長が止まったのは、精霊の力が足りなかったからだろう。

現に、精霊は悲しそうな顔で天井を見上げている。

『まだ、この程度しか成長しないのね』

苗木を渡すのはまだ先になりそうだと、精霊が呟いた。

「ミザリー、やっぱり俺も手伝うって」

「今日はラウルの快気祝いなんだから、駄目だよ！　焚き火の前でのんびりしてて!!」

今日も今日とて焚き火をした私です。

全快したラウルのお祝いに、今からご馳走を作るのだ。

ラウルにはのんびりしていてもらうために、焚き火を用意した。これを眺めているだけで、何時間でも時間を潰せるはずだ。

そして私の椅子も貸してあげているので、ゆったり過ごせるだろう。

空を見上げるときらめく聖樹。

こんなすごい環境で焚き火ができるのは、最初で最後かもしれないね。

「ラウルは今回のスペシャルな焚き火を、これでもかっていうほど堪能してね！」

「お、おう……」


私はおはぎと一緒にキャンピングカーのキッチンにやってきた。

キャンピングカーは、神殿の階段下のスペースを借りて停めている。

「まさか、丸ごと使う日が来ようとは!!」

私は冷蔵庫から、一羽分をまるごと買ったニワトリを取り出した。下処理は綺麗に終わっているので、これを調理するのだ。

「お米が少し残っててよかった！」

丸鶏を綺麗に洗って水気を拭き、にんにくと塩を表面と中にもよく塗り込んでいく。すり込むようにするのがポイントだ。

次は具材。

炊いたご飯と、キノコ類、野菜類、軽く砕いたナッツ類をフライパンで炒める。味付けはシンプルに塩コショウ。

炒めたらそれを丸鶏の中に入れて、全体にオリーブオイルを塗る。

「あとはこれを鍋に入れて、ダッチオーブン風にして一時間弱焼いたら完成……！」

途中でオリーブオイルを塗り直す手間などはあるけれど、あとは焼くだけなので簡単だ。

これはせっかくなので焚き火で焼く。

「ラウル、今日のメインを焚き火にかけとくね」

「お？　なんだかでっかい鍋だな」

「このまま一時間弱お待ちくださ〜い」

ワクワクしてるらしいラウルに、私は完成時間を告げる。すると、「そんなに!?」と衝撃を受けている。

「待てるかな……。ミザリーの料理は全部美味いから、焚き火の前でいい匂いがしてきたら拷問だ」

「大袈裟だよ」

「全然！　大袈裟じゃない！　って、もういい匂いがしてきた」

同時に、きゅるるるる〜とラウルのお腹が可愛らしく鳴った。

焚き火の見張りをラウルにお任せしている間に、私はキッチンで野菜たっぷりのポトフを作った。

それが終わったら、次はおはぎのご飯だ。

今日はご馳走なので、おはぎにはお肉と一緒に猫が食べても問題ない野菜を一緒に盛りつけてあげる。おはぎが気に入っていたので、ティアーズフィッシュも少し加える。

「うん、こっちも美味(おい)しそう」

楽しく料理をして、フィフィアと精霊を呼びに行けば、あっという間に料理が完成する時間になった。


「ラウルの完全復活を祝って、乾杯！」

「『乾杯！』」

『にゃっにゃっ！』

カチンとグラスのぶつかる音を聞いて、私は一気に果実ソーダを飲み干す。お酒じゃないのが残念だね。

「ラウルの腕が元通りになってよかったわ。今後も冒険者を続けるんでしょう？」

「ああ、そのつもりだ。これからはどんどん稼がないとな！」

ラウルはぐっと腕に力を入れて、今後のことをフィフィアに話している。

「確かに、稼がないと大変そうね」

そう言ったフィフィアは、なぜか私を見た。

『それより！　エルフ――フィフィアは本当に私の側にいてくれるの？　嘘だったら承知しないわよ⁉』

「はい。精霊様のお側に仕えさせていただきます」

『そ、そう！　ならいいわ。ここは誰も来なくて、とても寂し――暇なのよ。だから、フィフィアがいるなら丁度いいわ！』

どうやら精霊は寂しがり屋さんみたいだ。

私はみんなの会話を微笑ましく思いながら、ちょうどできあがったローストチキンを鍋から取り出す。

途中で何度かオリーブオイルを塗り直したので、表面の皮はパリパリに焼き上がっている。

ナイフを入れて見ると、パリッという音がした。

「うわ、美味そう！」

「今回は力作だからね。なんと中には……じゃーん！」

「「具が入ってる⁉」」

私が鶏肉を切って見せると、ラウルとフィフィアが驚いた。ただ鶏を丸ごと焼いただけだと思ったのだろう。

「ふっふー、前にラウルも串焼きにチーズとか入れてくれたでしょ？　だから私もラウルを驚かせたかったんだよね」

「それはしてやられたな。めっちゃ驚いた！」

作戦大成功だ。

「中にはご飯と野菜が入ってて、鶏の旨味をたーっぷり吸ってるよ！」

つまりどう足掻いても美味しいのが決定しているということです。

まずは本日の主役、ラウルに食べてもらう。

食べやすいサイズに切ってあるので、スプーンですくって口に含んだ。ラウルは味わうように食べていたが、カッと目を見開いた。

「あ〜も〜〜、美味すぎる!! 毎回、ミザリーの料理でこれが一番、最高！ って思ってるのに、何回それを塗り替えられたか……」

ラウル曰く、私の料理はいつも美味しいの限界突破をしているらしい。

「しかも今度は鶏を丸ごとだもんな……。皮はパリッとしてるのに、肉の部分は柔らかくて……何より鶏の味が染みついたこのご飯が最高に美味い……!!」

「ラウルにもお米のよさがわかってもらえてよかったよ」

最後のお米を全部投入しただけはあるね。

「ミザリーの料理のレパートリー、すごすぎだよな」

「私も美味しいもの食べるの大好きだからねぇ」

つまるところ、自分のために磨いた料理の腕だ。

『ちょっと、私にもその美味しそうなのちょうだい！』

「はい、どうぞ」

精霊は何も食べないのかと思ったら、食べなくても大丈夫だけど食べても大丈夫らしい。つまりどっちでもいいと。

それなら食べたくなる気持ち、よくわかります。

精霊だけではなく、フィフィアにも料理を渡す。

二人で一緒に口に含んで、顔を見合わせて「『美味しい～！』」と声をはもらせている。

『あなた、ミザリーだったかしら！　ここに残って私に仕えてみない⁉』

「それは料理人って言うんですよ精霊様……」

私の腕を買ってくれるのは嬉しいけれど、残念ながら誰かに仕えるつもりはない。

「私はキャンピングカーで旅をするので、ここには留まりません。すみません」

『……そう。でも、たまには遊びに来てくれると嬉しいわ！』

「それは、もちろん」

「俺も遊びに来ます！」

フィフィアと精霊に会うために、時折ここに来るのもいいだろう。

「それはそうと……ミザリー、おかわりを頼む」

「オッケー！」

ローストチキンはたっぷりあるので、お腹いっぱいになるまでおかわりしてほしい。

ラウルによそって、私も自分で食べる。

お米の美味しさが体に染みていくかのよう……。

ふいに、上からキラキラしたものが降り注いだ。

「あ、聖樹から落ちた光なのか……」

私は寝転がるようにして、空——天井を見る。

そして無意識のうちに、心の中で祈った。


こんな幸せな時間が、ずっとずーっと続きますように——と。

「「数日間、お世話になりました！」」

私とラウルは、数日間だけ神殿に滞在した。

主に汚部屋を片付ける手伝いです。大変だったよ……。

「ミザリー、ラウル、本当にいろいろありがとう。こんな形の別れになるとは思わなかったけど、元気でね」

「フィフィアもね。たまに遊びに来るから」

「まさか精霊様と一緒に暮らすとは思わなかったけど、フィフィアなら上手くやれるさ」

「頑張るわ」

ほっとした表情で微笑むフィフィアに、実は食事のことだけ気がかりですとも言えない。解決方法が思い浮かばないから、現時点ではどうしようもないのだが。

この階層は畑などもあるみたいなので、ぜひとも料理を覚えていってほしい……。

『二人とも、世話になったわね。これは……餞別よ。受け取りなさい！』

精霊はツンツンした態度で、エリクサーを渡してきた。

「え、こんなすごいものをもらっていいんですか？」

「片付けの手伝いしかしてないのに、もらいすぎです」

私とラウルが焦りつつ告げると、精霊は『いいのよ！』と頬を膨らませる。

「ハッ！　それなら、精霊石を使ってみたいので契約もしてください！」

私がそう言うと、精霊は『契約〜？』とじと目になった。さすがに図々しすぎるお願いだったかもしれない。

『強欲すぎよ！　……でも、そうね、今度エリクサーのお礼に来なさい！　そのときの料理が美味しかったら、考えてあげるわ！』

「――！　はい、わかりました」

精霊の言葉に、私とラウルは笑う。

こんなすごいものをもらったら、定期的に来なければいけなさそうだ。そのときは、たくさんのお土産を持ってこよう。そしていつか、契約もしてもらえるかもしれない。

『おはぎも元気に過ごすのよ！』

『にゃ！』

サイズが同じくらいだからか、おはぎと精霊はいつの間にか仲良くなっていた。

「じゃあ、私たちもそろそろ行きますね。フィフィア、精霊様、ありがとうございました！」

「また遊びに来ます！」

「待ってるわ！」

『あなたたちなら、いつ来ても歓迎してあげるわ！』

フィフィアと精霊に別れを告げて、私たちはキャンピングカーに乗り込んだ。

ブロロロ……と走らせて、私はラウルとおはぎを見る。

「楽しかったね」

「ああ。次はどこに行くか、楽しみだな」

『にゃ！』

ラウルの言葉に、私はずっと考えていたことを口にしてみた。

「私、お米のある国に行ってみたい！」

今回の冒険で、お米があることが判明した。

きっと味噌（みそ）や醤油（しょうゆ）などもあるはずだ。それを知ってしまったら、立ち止まってなんていられないよね……！

ただ、めちゃくちゃ自分勝手な理由ではあるので……。

「お、いいな、それ！　俺もまた食べたい！」

「え、いいの？」

一瞬で快諾されたことに驚くと、ラウルは笑う。

「当然だろ！」

あっさり次の目的地が決まってしまった。

ラウルとおはぎと一緒にする旅は、どんどん楽しくなっていく。

「よし、ひとまず街に向かって出発！」

「おう！」

『にゃっ！』

あとがき

こんにちは、ぷにです。この度は、『悪役令嬢はキャンピングカーで旅に出る ～愛猫と満喫するセルフ国外追放～』二巻をお手に取っていただきありがとうございます。

今年の冬は暖かい日と寒い日の差が激しかったからか、久しぶりに風邪を引いてしまいました。みなさんもどうぞご自愛くださいね……！

今回も前回に引き続き、焚き火とご飯を中心にキャンピングカーを書きました。

変わったところといえば、キャンピングカーで爆走して魔物を倒しまくった点でしょうか。ダンジョンでキャンピングカーは控えめに言っても最強です。

そして楽しいのは、ミザリーのキャンプ道具がちょっとずつ増えているところでしょうか。

今回は焚き火台をはじめ、テーブルやベッドなども手に入れました。キャンピングカーがどんどん快適になっていきます。

たぶん、最強の引きこもりアイテムだなと思います（笑）。

最後に謝辞を。

イラストを担当してくださったキャナリーヌ先生。

今回のカバーはお肉にかぶりついていて、食べたい!! となってしまいました。たぶんみなさんそう思っているはず……。そしておはぎの可愛さに、またもやメロメロにされてしまいました。

素敵なイラストをありがとうございます。

地図イラストを担当してくださった今野隼史（こんのたかし）先生。

今回は地図＋ダンジョンということで、見ごたえ満点です。ありがとうございます！

担当してくださった阿部（あべ）さん、藤原（ふじわら）さん。

今回もたくさんお世話になりました。ありがとうございます！ いつも私がお手数をおかけしてばかりなのですが、引き続きどうぞよろしくお願いいたします……！

そして本書に関わってくださった全ての方、読者の方、本当にありがとうございます。二巻も読んでいただけて嬉（うれ）しいです。


また皆様にお会いできますように。

ぷにちゃん

DRE NOVELS

悪役令嬢はキャンピングカーで旅に出る2
～愛猫と満喫するセルフ国外追放～

2024年2月10日　初版第一刷発行

著者　ぷにちゃん
発行者　宮崎誠司
発行所　株式会社ドリコム
〒141-6019　東京都品川区大崎2-1-1
TEL　050-3101-9968
発売元　株式会社星雲社（共同出版社・流通責任出版社）
〒112-0005　東京都文京区水道1-3-30
TEL　03-3868-3275
担当編集　阿部桜子・藤原大樹
装丁　AFTERGLOW
印刷所　図書印刷株式会社

Printed in Japan
ISBN978-4-434-33387-3

ファンレター、作品のご感想をお待ちしております。
右の二次元コードから専用フォームにアクセスし、作品と宛先を入力の上、コメントをお寄せ下さい。
※アクセスの際に発生する通信費等はご負担ください。